KB114787

호감 받고 성공 더! 12

인기영 장편소설

초판 1쇄 찍은 날 § 2018년 2월 7일
초판 1쇄 펴낸 날 § 2018년 2월 14일

지은이 § 인기영
펴낸이 § 서경석

편집책임 § 김경민
편집 § 이종식

펴낸곳 § 도서출판 청어람
등록번호 § 제387-1999-000006호
등록일자 § 1999. 5. 31
어람번호 § 제1-2844호

주소 § 경기도 부천시 부일로 483번길 40 서경B/D 3F (우) 14640
전화 § 032-656-4452 팩스 § 032-656-4453
http://www.chungeoram.com
E-mail § chungeorambook@daum.net

ⓒ 인기영, 2017

ISBN 979-11-04-91641-0 04810
ISBN 979-11-04-91303-7 (세트)

호감 받고
성공 더!

Contents

난리도 아니었던 비비안의 약혼식 파티에서 돌아온 김두찬 일행은 레이의 거실 소파에 앉아 한동안 말이 없었다.

　레이는 그들을 보며 킬킬거렸다.

　"아주 난리도 아니었던데."

　이미 연회장에서 있었던 사건은 빠르게 퍼져 나가 온갖 매체에서 기사로 다루고 있었다.

　비비안의 약혼식은 완전히 엉망이 됐다.

　노아는 구속이 불가피했으며, 와튼버그 가문의 이름값은 바닥까지 추락했다.

아마 와튼버그 가문의 주가는 급락할 것이며 다시는 회복하지 못할 것이라는 게 호사가들의 중론이었다.

"나 사이코패스는 처음 봤어요."

소파에 몸을 푹 파묻은 레이첼이 얼떨떨한 음성을 흘렸다.

"배우로서 좋은 경험 했다, 생각하고 있는 거지?"

샘이 레이첼에게 물었다.

그녀는 고개를 끄덕였다.

"내가 언제 또 이런 경험을 해보겠어요? 돈 주고도 못 살 텐데."

말을 하는 레이첼의 입가에 미소가 어렸다.

샘도 동의한다는 듯 웃었다.

"내가 갔어야 하는 건데."

레이는 파티에 참석 안 한 걸 안타까워했다.

그런 모습들을 보면서 김두찬은 채소다가 떠올랐다.

그녀는 좋든 나쁘든 처음 하는 경험 자체를 소중하다고 여겼다.

작가라면 무엇이든 한 번은 해봐야 한다는 것이 그녀의 지론이기 때문이다.

지금 여기 있는 세 명도 똑같은 모습을 보여주고 있었다.

하여튼 예술가들이란 보통 사람들과 어딘가 달라도 다른 구석이 있게 마련이다.

"그나저나 김 작가님, 오늘 아주 터프하더군요."

"그러니까. 나 더 반해 버렸잖아요."

레이는 김두찬이 뭘 어떻게 했기에 그런 말들을 하는 건지 묻지 않았다.

이미 기사와 동영상으로 전부 접했기 때문이다.

김두찬은 어쩌다 보니 사건의 중심에 서게 됐다.

그 바람에 많은 사람들이 찍어 올린 영상 속에서 그의 얼굴을 확인할 수 있었다.

김두찬이 찍힌 영상은 삽시간에 공유되고 퍼져 나갔다.

사람들은 영상 속의 동양 미남이 누구인지 몹시도 궁금해했다.

당연히 미국이라고 네티즌 수사대가 없는 건 아니었다.

아울러 김두찬에 대한 기사들이 아예 없는 것 역시 아닌데다 일부 동영상에 샘과 레이첼이 김두찬을 옹호하는 모습이 담겨 있었기에 그에 대한 정체는 금방 밝혀졌다.

미국 사람들의 관심은 처음엔 비비안과 노아의 약혼식에서, 노아의 범죄행으로 인한 파혼으로, 다시 김두찬에게로 몰렸다.

김두찬이 노아의 손찌검으로부터 비비안을 지켜준 매너 있는 행동도 관심의 이유였지만, 그보다 더 큰 이유는 그의 외모 덕분이었다.

동영상을 보는 이들은 하나같이 김두찬의 외모를 찬양하기 바빴다.

그 바람에 김두찬이라는 이름 세 글자는 미국에서도 핫하게 떠올랐다.

미국 전역에서 김두찬을 검색하며 그에 대한 자료를 찾아보는 사람들이 물에 물감 풀어지듯 늘어나고 있었다.

그러자 김두찬에 관한 기사들도 물밀 듯이 쏟아져 나왔다.

처음에는 비현실적으로 완벽한 외모를 가진 동양의 매너남 정도로 생각했었는데, 알고 보니 대단한 작가였다는 것이 주골자였다.

"미국에 온 지 이틀 만에 전국을 뒤흔들어 놓는군."

레이가 자신의 스마트폰을 테이블에 툭 던지며 말했다.

액정에는 김두찬에 관한 기사들이 쭉 떠 있었다.

"자네나 나한테는 좋은 일 아닌가? 알아서 광고를 해주고 있으니."

샘이 기분 좋게 말했다.

"누가 나쁘다고 했나?"

레이도 키들거렸다.

레이첼이 만세를 부르며 벌떡 일어섰다.

"비비안의 파티는 망쳤지만 우리들은 지금부터 파티를 열어야 할 분위기 같은데요?"

김두찬이 그런 그녀를 보며 질린 듯 물었다.

"또요?"

"엥? 뭐예요? 여태껏 한 번도 보지 못한 반응과 표정인데……."

"아, 저도 모르게 그만."

엉겁결에 튀어나온 김두찬의 마음의 소리에 샘과 레이가 크게 웃었다.

김두찬이 질리거나 말거나 레이첼은 또다시 술잔을 돌렸다.

그때였다.

[보너스 미션 발동. 확인하시겠습니까?]
YES/NO

마지막 다섯 번째 보너스 미션이 발동했다.

이것만 클리어하면 네 번째 퀘스트도 드디어 클리어다.

김두찬이 YES를 선택했다.

[보너스 미션]
비비안의 호감도를 20 이하로 떨어뜨려라. [98/100]

'이건 뭐지? 호감도를 올리는 게 아니라 떨어뜨리라니?'

여태껏 그에게 주어졌던 미션은 타인과의 관계에 도움을 주는 쪽이었다.

그런데 이번 미션은 비비안의 호감도를 떨어뜨리라는 것이었다.

'로나, 뭔가 시스템에 오류 생긴 거 아니야?'

─게임은 지극히 정상이랍니다.

'근데 호감도를 떨어뜨리라는 건 좀……'

애초에 인생 역전의 목적은 사람들의 호감도를 얻어 자신을 가꿔 나가는 것이다.

게다가 비비안의 호감도는 98이나 된다.

원래부터 김두찬의 팬인 데다가 이번 일을 계기로 호감도가 대폭 상승한 것이다.

2만 더 올리면 그녀의 가장 뛰어난 능력 중 하나를 얻을 수 있었다.

부잣집 따님이니만큼 뭔가 보통 사람과는 좀 다른 능력을 얻게 되지 않을까 기대했던 터였다.

그런데 호감도를 떨어뜨리라고 하니 김두찬으로서는 뭔가 잘못된 게 아닌가 싶은 생각을 할 수밖에.

─늘 말씀드리는 것이지만 인생 역전은 김두찬 님에게 해가 되는 방향을 제시하지 않는답니다.

'그건 알아. 한데 호감도를 내리는 것이 어떤 식으로 내게

도움이 된다는 건지 모르겠어.'

─세상 모든 인연이 두찬 님에게 도움이 되는 건 아니랍니다. 때로는 연을 맺고 깊은 관계가 되면서 힘들어지는 경우도 많답니다.

'아……'

참으로 당연한 얘기였다.

세상에 착하고 좋은 사람만 있다면 아프고 힘든 일은 없을 것이다.

살아가면서 가장 어렵고 힘든 것이 사람과의 관계다.

좋은 사람인 줄 알고 믿었는데 뒤통수를 얻어맞았을 때만큼 힘든 일이 또 없다.

심성이 고약한 사람은 어디에든 있다.

또한 악한 이가 아니더라도 자신이 처한 상황으로 인해 어쩔 수 없이 남에게 피해를 주는 경우 또한 빈번하다.

김두찬만 해도 그렇다.

연을 맺은 사람 모두가 그에게 도움이 되지는 않았다.

악의적으로 접근하는 이도 있었고, 대놓고 짓밟으려 했던 이들 또한 많았다.

그럼에도 김두찬이 이번 미션을 이상하게 받아들인 이유는 무엇인가?

김두찬에게 악의를 가지고 접근한 이들은 처음부터 이를

드러냈다.

아군이 아니라 적군이라는 판단이 애초에 자리한 것이다.

해서 김두찬은 그들과 시작부터 친해지려 하지 않았다.

호감도를 얻으려 하지 않았다.

때문에 김두찬은 로나가 말해준 당연하고 간단한 진리를 알고 있으면서도 이번 미션이 낯설었던 것이다.

'네 말이 맞아, 로나. 한데 그 말은 비비안과 친해져서 내게 좋을 것이 없다는 뜻이잖아?'

비비안은 김두찬에게 적의를 드러내던 이들과 달랐다.

김두찬의 팬이고 그에게 호감을 가지고 있었다.

아무런 해를 끼치지 않을 사람이라는 판단이 섰기에, 호감도를 높이고 싶었다.

―호의를 가지고 다가온 사람이 무조건 두찬 님께 득이 되는 일만 하라는 법이 있을까요?

'그것도… 그렇지.'

―이번 보너스 미션의 목적은 두찬 님의 안이해진 위기의식을 보강하는 데 있답니다.

확실히 로나의 말대로였다.

김두찬은 요즘 사람을 너무 이분법적으로만 보고 있었다.

그가 살아가는 세상은 현실이다.

같은 사람이 단 한 명도 없고 개성도 가지각색이다.

한데 인생 역전을 플레이하면서 사람을 판단하는 그의 개념이 바뀌었다.

호감도가 높은 사람은 자신에게 해를 끼치지 않는 사람으로 인식됐다.

당장 호감도가 낮더라도 자신의 노력으로 높아지면 경계하지 않았다.

반대로 호감도가 올라가지 않거나 적의를 드러내면 해가 되는 사람이라는 식의 이분법적 판단을 하며 살아왔다.

만약 김두찬이 평생을 그런 관념으로 산다면 후에 필시 사람에게 해를 당할 게 분명했다.

'아무튼 비비안은 연을 깊게 맺으면 나한테 좋을 게 없는 사람이라는 거지?'

─네. 그녀가 두찬 님을 좋아하게 됨으로써 힘든 일이 생기게 될 겁니다.

'알았어. 근데 로나, 너는 미래의 일까지도 알 수 있는 거야?'

비비안과 김두찬 사이에는 아직 어떠한 일도 일어나지 않았다.

그런데 로나는 확신을 하고 있었다.

비비안이 김두찬에게 결코 좋은 영향을 주지 않을 것이라고.

―미래의 일을 알 수 있었다면… '그 일'을 막을 수 있었겠죠.

로나의 의지에 갑자기 슬픈 감정이 어렸다.

지금껏 김두찬은 이토록 슬픈 로나를 본 적이 없었다.

'그 일'이라는 게 무엇인지 김두찬이 물어보려고 할 때, 로나가 말을 돌렸다.

―저는 예언자나 예지자가 아니랍니다. 저뿐만 아니라 모든 르위느 종족이 그렇죠.

'그런데 어떻게 미래의 일을 아는 거야?'

―적어도 타인의 마음은 들여다볼 수 있으니까요.

'독심술 같은 건가?'

―그렇답니다. 르위느 종족은 언어가 아닌 정신으로 대화를 나누곤 했답니다. 해서 서로가 서로의 마음을 전부 알 수 있었죠. 남을 속인다든가 거짓을 말하는 일 자체가 불가능했답니다. 아무튼 그런 르위느 종족의 특성으로 인해 저는 타인의 마음을 읽을 수 있답니다.

'대체 비비안의 어떤 마음을 읽었던 거야?'

―궁금한가요?

'당연하지.'

―그럼 직접 해보세요. 그 정도는 이제 두찬 님께서도 가능하시답니다.

김두찬에게는 상상 공유가 있다.

그것을 사용하면 한 사람의 살아온 인생은 물론, 지금 하고 있는 생각까지도 파악하는 것이 가능했다.

하지만 문제는.

'비비안을 다시 만날 일이 있을까? 무엇보다 호감도를 떨어뜨리려면 앞으로 영영 만나지 않는 게…….'

─만나지 않으면 호감도가 과연 내려갈까요? 아울러 만나지 않을 수 없을 거랍니다.

'어째서?'

─내일이 되면 아실 거예요.

이쯤 되면 김두찬의 머릿속에 떠오르는 진리가 있다.

'로나가 그렇다면 그런 거다.'

김두찬은 내일 비비안의 연락이 올 것이라 믿었다.

그러자 새로운 고민이 시작됐다.

'호감도를 떨어뜨리려면 어떻게 해야 하지?'

여태껏 호감도를 높이는 방법에 대해서는 무던히 연구를 해왔지만 떨어뜨리는 방법은 고민해 본 적이 없었다.

─뭘 고민하세요? 김두찬 님에겐 치트키가 있잖아요.

'치트키?'

김두찬은 그 치트키가 뭔지 잠시 고민했다.

그러다가 얻고 난 이후로 통 사용하지 못했던 능력 하나가 떠올랐다.

'아! 정보의 눈!'

―그거랍니다.

정보의 눈은 김두찬이 처음으로 다섯 개의 퀘스트를 클리어함으로써 얻게 된 보상이었다.

100, 300, 500포인트를 투자함에 따라 상대방의 정보를 볼 수 있는 능력이었다.

하지만 각각의 포인트를 투자하기 위해서는 조건이 필요했다.

상대방의 호감도 수치가 일정 수준에 다다라야 한다는 것이다.

500포인트를 투자하려면 호감도가 80 이상이어야 했다.

다행히 비비안의 호감도는 98이니 그녀의 모든 정보를 오픈하는 것이 가능했다.

그렇게 되면 비비안이 가장 싫어하는 것이 무엇인지도 알 수 있었다.

'싫어하는 걸 집중적으로 공략하는 거야.'

김두찬은 아직도 비비안이 자신에게 어떤 식으로 해가 될지 알지 못했다.

'괜찮은 사람 같던데.'

대체 그녀가 김두찬에게 어떤 해를 입힐 수 있다는 건지,

그것은 내일이 되면 알게 될 터였다.

*　　　*　　　*

밤이 지나고 아침이 밝았다.

김두찬은 눈을 뜨자마자 객실에 비치되어 있는 컴퓨터로 기사들을 검색했다.

새로 올라오는 대부분의 기사 내용이 어제와 크게 다르지 않았다.

노아가 일으킨 문제로 인해 와튼버그 가문은 패망의 길을 걸을 것이 확실시되는 분위기였다.

호사가들의 예언대로 와튼버그가에서 진행하는 모든 사업의 주식은 하루 만에 바닥을 쳤다.

그와 반대로 김두찬에 대한 열광은 계속 이어졌다.

이미 수많은 미국의 매니지먼트사에서 김두찬에게 공개적 러브콜을 보내고 있었다.

김두찬이 지금 어디에서 머물고 있는지까지 그들은 모두 알고 있었다.

쾅쾅쾅!

누군가 김두찬의 문을 신경질적으로 두들겼다.

"이 빌어먹을 정도로 유명해진 작가 양반! 일어났나! 일어나지 않았어도 들어갈 테니 그리 알게!"

레이였다.

철컥! 철컥! 벌컥!

그가 열쇠로 문을 따고 들어왔다.

레이의 얼굴엔 성질이 잔뜩 묻어났다.

김두찬이 그의 눈치를 살피며 물었다.

"대표님, 무슨 일이세요?"

"자네 덕분에 내 소중한 아침이 엉망이 되었다는 걸 알아?"

영문 모를 일이었다.

김두찬은 자기 방에서 조용히 컴퓨터만 하고 있었으니 말이다.

"제가 실례되는 행동이라도 했나요?"

"자네로 인해 실례되는 행동을 벌이는 인간들이 생겨났지!"

"네?"

"따라와! 아침잠이 모자르면 하루 종일 컨디션이 엉망인데, 제기랄."

레이가 구시렁거리며 앞장섰다.

김두찬은 의아해하며 그런 레이를 뒤따랐다.

"여어~!"

"흐아암! 작가님, 좋은… 아니, 힘든 아침."

거실 소파에 샘과 레이첼이 늘어져서 인사를 건넸다.

"다들 일찍 일어나셨네요?"

"본의 아니게 일찍 일어난 레이가 난리 발광을 치는 바람에 강제 기상했습니다. 이럴 줄 알았으면 방에 들어가서 잘 것을."

샘이 졸린 눈을 비벼댔다.

레이첼과 샘은 밤새 술을 마시다가 거실 소파에서 잠이 들었다.

제대로 방에 들어가 잠을 청한 건 레이와 김두찬 둘뿐이었다.

성큼성큼 현관까지 다가간 레이가 문손잡이를 잡아 돌리며 김두찬을 쳐다봤다.

"자, 직접 보게!"

현관문이 열리며 김두찬의 눈에 들어온 광경은 정원 밖, 담 주변을 가득 메운 인파였다.

김두찬이 나타나자마자 그들의 손에 들린 카메라가 플래시를 터뜨렸다.

"나왔다!"

"김두찬 작가다!"

사람들은 저마다 한마디씩 하며 김두찬을 반겼다.

이 난데없는 광경을 보며 얼떨떨해하는 김두찬의 귀로 레이의 날카로운 음성이 꽂혔다.

"아침부터 집사가 날 깨웠지. 절대로 그러면 안 된다는 걸 잘 아는 사람이 말이야. 10년 동안 함께해 온 정이고 나발이고 잘라 버리려 했는데, 창 너머로 상황을 보고 나니 깨울 만했다 생각되어 그냥 놔뒀네. 그런데 이 사달이 왜 났는지 생각해 봤더니 다 자네 때문이더군."

김두찬이 빼곡하게 모여 있는 사람들을 슥 훑어봤다.

"작가님! 스콜피온 엔터테인먼트에서 왔습니다! 얘기 좀 하고 싶습니다!"

"올데이타임즈입니다! 짧게 인터뷰 부탁드리겠습니다!"

"작가님! 팬이에요! 작가님 때문에 한글을 배웠어요!"

뭉게구름처럼 모여든 사람들의 정체는 김두찬의 팬과 기자, 엔터테인먼트 관계자들이었다.

"자네가 이렇게까지 영향력 있는 사람인 줄은 몰랐군."

레이가 칭찬인지 비꼬는 건지 아리송한 말투로 얘기했다.

자고 났더니 스타가 됐다는 말이 있다.

지금의 김두찬에게 딱 맞는 얘기였다.

담 너머에 모인 수많은 사람들이 한결같이 김두찬을 불러 댔다.

아직 숙취에 시달리는 레이첼과 샘도 다가와서 그 광경을 구경했다.

"대단하네요, 김 작가님. 나 보겠다고 들러붙는 사람들은 파파라치 몇뿐이던데. 아~ 존심 상해. 왜 김 작가님이랑 엮이면 계속 자존심에 상처 나는 일들만 벌어지지?"

"송곳은 주머니에 넣어도 삐져나오게 마련이니까, 레이첼! 김두찬 작가님의 진가를 점점 더 많은 사람들이 알아보기 시작한 것뿐이야."

샘은 이게 마치 자신의 일인 듯 좋아했다.

"그나저나 저것들 어쩔 겁니까, 김 작가님? 난 좀 더 자고 싶은데."

레이가 지끈거리는 머리를 손으로 꾹꾹 누르며 물었다.

"제가 나가볼게요."

이 상황은 김두찬이 직접 나서지 않고는 진정이 안 될 것 같았다.

그가 천천히 정원을 거닐었다.

그러자 김두찬을 지켜보던 모든 이들이 언제 떠들었냐는 듯 일제히 입을 다물었다.

단지 그는 걸었을 뿐이다.

이 아무것도 아닌 행동이 담벼락 앞에 모인 사람들의 눈에는 화보 영상을 찍는 것처럼 보였다.

그곳에 모인 사람들 중 누구도 예외 없이 황홀경에 빠져 넋을 놓았다.

기자들은 셔터를 누르는 것조차 잊어버렸다.

김두찬과 그들의 사이가 점차 좁혀질수록 사람들의 가슴이 쿵쾅거리며 뛰었다.

이제 조금만 더 기다리면 김두찬과 얇은 철창문 하나만을 사이에 놓고 마주하게 될 터였다.

한데 그때였다.

모여 있는 인파의 뒤쪽이 소란스러워졌다.

그러고는 사람들이 하나둘 양옆으로 갈라서며 누군가의 길을 터주기 시작했다.

김두찬에게 매료되어 있던 이들도 소란으로 인해 고개를 돌렸다.

거기엔 여섯 경호원의 호위를 받으며 고고한 한 마리 백조처럼 우아한 자태로 걸어오는 여인이 있었다.

비비안이었다.

"비비안 허스트!"

기자 한 명이 그녀의 이름을 소리 높여 외친 뒤 잠시 잊고 있었던 손을 열심히 놀렸다.

찰칵! 찰칵!

비비안이 걸음을 옮길 때마다 사람들은 약속이라도 한 듯 양옆으로 갈라졌다.

그 모습이 마치 홍해의 기적을 보는 것만 같았다.

비비안은 굳게 닫힌 철창문 앞에 섰다.

마침내 김두찬과 비비안이 서로를 대면하게 된 순간이었다.

"하룻밤이 몇 년 같았어요."

비비안이 먼저 말을 건넸다.

그녀의 호감도는 98에서 99까지 올라 있었다.

호감도가 100이 되어버리면 그 이하로 내려오기가 힘들어 져 버린다.

특히 비비안처럼 김두찬에게 맹목적으로 좋은 감정을 갖고 있을 때는 더더욱 그렇다.

그 전에 승부를 봐야 했다.

김두찬은 비비안의 인사에 잔잔한 미소만 머금으며 정보의 눈을 발동시켰다.

[100/300/500 몇 포인트를 투자하시겠습니까?]

'간접 포인트 500을 투자하겠어.'

김두찬이 포인트를 투자하자 비비안의 정보가 나타났다.

이름: 비비안

성별: 여

나이: 27세

생일: 12월 30일

키: 167㎝

몸무게: 52㎏

직업: 허스트 코퍼레이션 이사

가장 뛰어난 능력: 소비

좋아하는 것: 지금을 즐기는 것

싫어하는 것: 무시당하는 것

좌우명: 없음

특이사항: 주변의 눈치를 은근히 많이 살핌. 자신이 원하는 건 어떻게든 손에 넣어야 직성이 풀림

김두찬은 비비안의 능력을 죽 살펴보다가 속으로 실소를 터뜨렸다.

'가장 뛰어난 능력이 소비라니.'

그 외에도 다른 항목들을 쫙 보면 딱히 건강한 정신의 소유자라고는 볼 수 없었다.

그럼에도 김두찬은 그녀를 좋은 사람이라 여겼다.

그녀가 김두찬에 대해 높은 호감도를 보였으며 그를 편들어 주었기 때문이다.

좋은 사람이라는 건 얼마나 상대적인 관점인지 김두찬은 깊이 깨달았다.

─역시 경험을 해보니 이해가 빠르죠?

김두찬은 로나의 말에 대답해 줄 여유가 없었다.

지금은 조금이라도 빨리 비비안의 호감도를 떨어뜨리는 데 집중해야 했기 때문이다.

그녀가 싫어하는 건 무시당하는 것이다.

아울러 특이 사항을 보면 주변의 눈치를 은근히 많이 살핀다고 되어 있었다.

'즉 여기서 비비안에게 무시당하는 느낌이 들게 해야 한다는 얘긴데.'

그러기 위해서는 우선 그녀를 잘 파악해야 했다.

김두찬이 상상 공유로 그녀의 정신 속을 파고들었다.

그러자 김두찬의 세상이 외부와 단절되었다.

비비안은 멍하니 서 있는 김두찬에게 다시 말을 걸었다.

"잘 지내셨나요?"

"……"

하지만 돌아오는 대답은 없었다.

"저기… 김두찬 작가님? 왜 말이 없으세요?"

비비안이 재차 물었지만 여전히 김두찬은 묵묵부답이었다.

그에 주변에 있던 사람들이 술렁댔다.

그럴수록 비비안은 가슴속 한편에서 수치심이 피어났다.

'왜 저러시지?'

사람이 눈앞에 서서 인사를 하는데 아무런 반응이 없다는 건 대놓고 무시하겠다는 뜻 아닌가?

비비안은 김두찬이 좋았다.

그렇다고 자신에게 수모를 줘도 된다는 얘기는 아니다.

기분 같아서는 지금 당장 돌아가고 싶었다.

하지만 그러기에는 보는 눈이 너무 많았다.

한마디 말도 섞지 못하고 그냥 돌아간다면 자신의 꼴이 우스워질 게 분명했다.

"작가님, 어디 편찮으세요? 혹시… 노아한테 맞으면서 다치시기라도 한 건… 그래서 말을 못하시는 거예요? 입을 다치셨나요?"

김두찬이 계속 침묵으로 일관할수록 비비안의 마음은 점점 더 초조해졌다.

주변의 시선이 신경 쓰여 창피함과 짜증이 밀려왔다.

그런 비비안의 반응은 김두찬이 계산했던 그림 안의 한 부분이었다.

이를 위해서 일부러 그녀의 앞에 서서는 상상 공유를 사용한 것이다.

5분 동안 김두찬은 비비안의 인생을 읽었다.

그리고 지금 그녀가 하는 생각 역시도 알 수 있었다.

상상 공유가 끝나고 나서 김두찬은 등골이 오싹해졌다.

비비안의 생각 속에서 그녀가 지금 무얼 하려고 자신을 찾아온 것인지 알았기 때문이다.

그녀는 김두찬을 '가지러' 왔다.

김두찬에게 정식으로 교제를 신청해서 연인이 되려는 게 아니었다.

애초에 비비안은 그런 방법을 몰랐다.

원하는 게 있으면 그녀가 가지고 있는 가문의 힘을 이용해서 손에 넣을 뿐이었다.

김두찬은 그녀의 특이 사항 중 나머지 하나를 다시 확인했다.

'자신이 원하는 건 어떻게든 손에 넣어야 직성이 풀림.'

비비안은 어떻게 해서는 김두찬을 자기 것으로 만들 셈이었다.

그러기 전에는 누가 뭐라고 해도 포기하지 않을 게 분명했다.

때문에 가장 좋은 방법은 그녀 스스로 김두찬이 싫어지도록 만드는 것이었다.

'역시 로나의 말은 틀리는 법이 없어.'

다시 한번 로나에게 감탄하게 되는 김두찬이었다.

"작가님?"

김두찬을 부르는 비비안의 얼굴에는 처음보다 미소가 많이 사라져 있었다.

그리고 호감도는 99에서 90까지 하락되었다.

'좋아. 우선은 100에서 멀어졌다.'

김두찬의 첫 번째 작전이 맞아 들어갔다.

"작가님, 왜 계속 대답을 안 하세요?"

살짝 딱딱해진 음성이 들려온 뒤에야 비로소 김두찬의 입이 열렸다.

"아, 허스트 씨. 죄송합니다."

김두찬이 사과의 말을 전했다.

그러자 그것만으로 비비안의 얼굴이 풀어지며 하락했던 호감도가 다시 2나 올라갔다.

"뭐예요. 왜 벙어리 흉내를 내고 있던 거예요?"

"잠시 생각할 게 있어서요."

"…네?"

비비안의 얼굴이 확 굳었다.

아니, 자신을 코앞에 두고서 다른 생각을, 그것도 몇 분씩이나 하다니?

그 때문에 대답을 못 했다니?

이건 대놓고 자신을 무시한 것밖에 되지 않았다.

비비안의 호감도가 92에서 87로 하락했다.

'무시당하는 걸 싫어하는 데다가 남의 시선을 많이 신경 쓴다. 어쩌다 보니 최고의 무대가 만들어졌어.'

지금 이 자리에는 유명한 기자와 이름만 들으면 알 법한 엔터테인먼트 관계자들이 몰려 있었다.

그 때문에 비비안은 같은 수모를 당해도 더더욱 치욕스럽게 느낄 터였다.

하지만 김두찬을 갖겠다고 마음먹은 이상 쉽게 후퇴할 그녀가 아니었다.

모욕적인 감정을 애써 억누르며 그녀가 말했다.

"김두찬 작가님, 할 말이 있어서 왔어요."

"네, 말해보세요."

"나랑 결혼해요."

제멋대로 자란 부잣집 따님의 진가가 제대로 나오고 있었다.

김두찬은 그녀를 괜히 도와줬나 싶을 정도였다.

노아가 있을 땐 상대적으로 그녀가 피해자로만 보였다.

그런데 노아를 떼놓고 보니 그녀 역시도 김두찬의 입장에서는 진상녀밖에 되지 않았다.

"싫습니다."

김두찬이 딱 잘라 거절했다.

너무나 가차 없는 반응에 비비안이 당황했다.

여태껏 그녀의 구애를 거절한 남자는 아무도 없었다.

물론 이전까지의 남자들은 혼인이 아닌 연애를 제안했던 것이지만.

그렇다고 해도 비비안에게는 적잖은 충격이었다.

"왜 싫다는 거죠?"

짜증을 간신히 참으며 그녀가 물었다.

"난 그쪽을 이성으로서 좋아하지 않습니다."

"네?"

비비안은 점점 더 김두찬을 이해할 수 없었다.

배경을 떼어놓고 봐도 비비안은 여자로서 대단히 매력적이었다.

작고 예쁜 얼굴에 완벽한 몸매에서 풍겨지는 요염함은 뭇 남성들의 가슴을 흔들어놓았다.

남자라면 어떻게든 그녀를 품어보고 싶어 할 정도였다.

그런데 김두찬은 단도하게 그녀를 거절했다.

비비안은 김두찬이 허세를 부리는 게 아닌가 싶었다.

하지만 그의 눈동자는 조금의 동요도 없었다.

그는 지금 진심을 말하고 있었다.

"이유가… 뭐죠?"

"사람이 사람을 좋아하지 않는데 이유가 필요합니까?"

"혹시 애인이 있나요?"

"있습니다."

김두찬의 대답에 비비안은 그럼 그렇지 하는 표정을 지어

보였다.

"역시 그랬군요. 사랑의 힘은 위대하죠. 이성을 마비시킬 정도로. 지금 김 작가님께서 얼마나 위대한 사랑을 하고 있는지에 대해서는 설명하지 않으셔도 돼요. 모든 사람들의 사랑은 그 자체로 위대하니까요. 하지만 그건 본인들에게 국한된 이야기예요. 타인이 볼 땐 다 똑같을 뿐이죠. 그렇다면 누구라도 부러워할 만한 연애라는 건 없을까요? 있어요."

비비안이 손가락으로 자기 자신을 가리켰다.

"내가 당신의 여자가 된다면 세상 사람들은 김 작가님을 부러워하게 될 거예요. 난 허스트 가문의 장녀예요. 아버지는 그런 절 보석처럼 아끼죠. 비록 이번엔… 가문의 발전에 눈이 멀어 말도 안 되는 와튼버그가의 미치광이와 혼인을 강요했지만. 그런 실수는 한 번으로 끝일 거예요. 아무튼 난 당신이 원하는 모든 것 그 이상을 해줄 수 있어요."

"내가 원하는 게 뭔지는 아십니까?"

"세계적인 작가로 명성을 떨치는 것?"

"아니요."

"그럼 말해봐요. 원하는 게 뭐죠?"

김두찬은 만면 가득 미소를 지었다.

그의 얼굴에 행복이라는 감정이 번졌다.

순간 그를 보는 사람들의 가슴이 콩닥거리며 뛰었다.

그들은 지금껏 단 한 번도 타인의 얼굴에서 저토록 큰 행복을 보았던 적이 없었다.

대체 그가 원하는 게 무엇이기에 생각하는 것만으로도 저렇게 행복할 수 있는 건지 모두가 궁금해했다.

그리고 김두찬의 입이 열렸다.

"제가 원하는 건 지금 사랑하고 있는 사람과 영원히 함께하는 겁니다."

"……!"

비비안의 얼굴이 기어코 일그러졌다.

동시에 사방에서 함성과 박수가 터져 나왔다.

"멋쟁이!"

"로맨티스트였군요, 작가님! 글을 쓰는 양반이니 당연한 건가요?"

"갈수록 당신이 탐납니다! 우리 매니지먼트와 계약하시죠!"

"꺄아악! 앞으로도 영원히 팬으로 남을 거예요!"

김두찬의 한마디는 비비안을 제외한 모든 사람들의 호감도를 급격하게 높였다.

하지만 비비안의 호감도는 대폭 하락했다.

'77.'

호감도가 87에서 무려 10이나 줄었다.

상황은 계속 김두찬이 원하는 분위기로 흘러가고 있었다.

"하, 정말이지… 치욕적이네요."

결국 비비안이 참고 참았던 말을 내뱉었다.

김두찬은 그녀가 무슨 말을 하건 무표정으로 일관했다.

비비안은 그게 더 기분이 나빴다.

"지금 정말 잘못 생각하고 계시는 거예요, 김 작가님."

"왜죠?"

"난 허스트 가문의 장녀예요. 지금껏 내가 원해서 손에 넣지 못한 건 없었어요. 김두찬 작가님이라고 다를 것 같아요? 내가 원하면 어떻게든 내 것이 될 거라고요."

그녀의 말은 허풍이 아니었다.

허스트 가문의 힘을 이용하면 얼마든지 할 수 있는 일이었다.

김두찬이 절대 그녀와 함께하고 싶은 마음이 없더라도 말이다.

지극히 합법적으로 일을 처리해서, 강제로 허스트가의 사위가 되도록 만드는 것이 가능했다.

'그녀가 나를 원하는 마음이 계속해서 남아 있다면 말이지.'

이제 승부를 봐야 할 때였다.

김두찬이 한동안 사용하지 않았던 매혹 S랭크의 특전을 사용했다.

'럼블(Rumble)!'

럼블은 하루 한 번, 원하는 때에 선택지를 강제 발동시키는 능력이다.

아울러 겜블링 역시 강제로 활성화된다.

겜블링은 선택지에서 어떤 선택을 하느냐에 따라 호감도가 반드시 상승하거나 하락하는 시스템이었다.

보통의 경우는 선택지에서 선택을 잘못한다고 해도 무조건 하락하지는 않는다.

하나, 겜블링은 상대방이 좋아하는 선택지를 맞추지 못하면 호감도가 하락해 버린다.

아울러 럼블을 활성화한 후 겜블링에서 모든 질문에 옳은 답을 선택할 시 상대방의 호감도가 10분 동안 200으로 상승하게 된다.

'그럴 일은 절대 없을 거야.'

김두찬은 럼블을 이용해 겜블링 시스템을 발동시켜 비비안이 싫어하는 선택지만 골라 호감도를 대폭 떨어뜨릴 심산이었다.

그는 이미 상상 공유와 정보의 눈으로 비비안에 대한 모든 정보를 파악했으므로 싫어하는 선택지만 고를 자신이 있었다.

"내가 당신을 무조건 가질 수 있다는 게 거짓말 같아요?"

비비안이 팔짱을 끼고서 김두찬에게 물었다.

그러자 선택지가 나타났다.

[Gambling 활성화!]
비비안이 자신의 말이 거짓인 것 같느냐고 물었다. 약간 기분이 상해 있는 것 같아 보인다. 내 대답은?
1. 저도 허스트가의 힘을 모르지는 않습니다. 가능하겠죠.
2. 허스트 양, 그건 구애가 아니라 협박입니다. 연애를 제대로 배운 적이 없는 모양인데, 제가 가르쳐 드릴까요?

김두찬은 깊이 생각할 것도 없이 2번을 선택했다.
"허스트 양, 그건 구애가 아니라 협박입니다. 연애를 제대로 배운 적이 없는 모양인데, 제가 가르쳐 드릴까요?"
"뭐, 뭐라고요?"
비비안이 어이가 없어 말까지 더듬었다.
그 순간 사방에서 와자한 웃음이 터졌다.
만인의 웃음거리가 되어버린 비비안의 호감도가 15나 떨어져 62가 되었다.
비비안이 매서운 눈으로 주위를 쏘아봤다.
그러자 웃고 있던 사람들이 입을 얼른 다물었다.
허스트가의 힘이란 그만큼 대단한 것이었다.
비비안이 철창 앞으로 한 발 더 가까이 다가왔다.

김두찬과 그녀의 거리는 서로의 숨소리가 들릴 만큼 좁혀졌다.

"김두찬 작가님."

"말씀하세요."

"제가 작가님께 애정이 있다고 표현했어요. 저, 아무한테나 구혼을 하는 여자 아니에요. 여기서 김 작가님이 해야 할 대답은 한 가지뿐이에요. 그 대답이 뭘 것 같죠? 잘 생각하고 말하세요."

비비안의 음성이 착 가라앉았다.

두 눈에서는 서늘한 냉기가 흘렀다.

더 이상 내 심기를 건드리면 가만있지 않겠다는 의지가 말 속에 담겨 있었다.

[Gambling 활성화!]

1. 제가 무례했네요. 뭘 원하는지 알고 있어요.

2. 그러니까 이건 구애가 아니라 협박이라니까요. 나한테 관심 있는 거 맞으십니까?

선택지를 본 김두찬이 속으로 터져 나오는 웃음을 꾹 참고서 2번을 택했다.

"그러니까 이건 구애가 아니라 협박이라니까요. 나한테 관심 있는 거 맞으십니까?"

"와하하하하하!"

"브라보!"

"아무리 허스트가 영애의 앞이라도 더는 못 참겠는걸! 하하하하!"

다시 한번 사람들의 웃음보가 터졌다.

비비안의 미간은 와락 구겨졌다.

김두찬이 그녀의 머리 위에 떠 있는 호감도를 확인했다.

'42.'

무려 20이나 하락을 했다.

잘못된 선택지를 택했을 때 무조건 호감도가 하락하는 갬블링 시스템에 비비안의 성격이 더해져 호감도가 크게 내려간 것이다.

비비안이 아랫입술을 꽉 깨물며 겨우 마음을 진정시켰다.

"김두찬 작가님, 저한테 이런 식으로 대해서 좋을 게 하나도 없을 텐데요."

[Gambling 활성화!]

1. 아, 기분 많이 상하셨나 봐요. 장난이었어요, 미안해요.

2. 난 지금 당신의 무례한 구혼을 최대한 신사적으로 거절하는 중입니다만.

역시나 김두찬의 선택은 2번이었다.

이번에도 비비안이 원하는 대답은 아니었고 그녀의 호감도는 28이 되었다. 30 이하면 김두찬을 친구로도 생각하지 않는 정도의 수준이었다.

김두찬이 처음 인생 역전에 접속했을 때, 슈퍼 아주머니의 호감도가 20이었다. 그러니까 비비안이 김두찬을 생각하던 마음이 남편감에서 판매자와 손님의 관계를 조금 넘어선 수준으로 하락한 것이다.

아무리 겜블링의 힘을 빌렸다지만 이렇게까지 빠르게 호감도가 하락하다니, 그녀의 자존심도 참 대단하다는 생각이 드는 김두찬이었다.

비비안의 얼굴에서 이제 웃음기는 찾아볼 수가 없었다.

그녀는 치욕을 억지로 집어삼키며 힘겹게 입술을 달싹였다.

"마지막으로… 한 번만 물을게요. 오늘 일, 정말 후회하지 않겠어요?"

[Gambling 활성화!]
1. 아니, 후회할 것 같아요.
2. 네, 후회하지 않습니다.

김두찬은 머뭇거림이나 흔들림 없이 대답했다.

"네, 후회하지 않습니다."

빠드득!

비비안이 이를 갈았다.

그 소리가 마치 호감도가 하락할 때 들려오는 효과음처럼 느껴졌다.

비비안의 호감도는 급기야 20의 선을 깨부쉈다.

'18.'

십팔.

호감도가 그녀의 심정을 대변하는 것만 같았다.

그때 겜블링이 끝남을 알리는 메시지가 나타났다.

[Gambling 종료.]

[Gambling 퍼펙트 클리어 실패. 럼블 효과가 발동하지 않습니다.]

겜블링이 끝난 이후에도 비비안의 호감도는 꾸준히 하락했다.

이제는 김두찬의 얼굴을 보는 것만으로도 정이 떨어지는 모양이었다.

김두찬을 노려보는 그녀의 두 눈에서 눈물이 주르륵 흘러 내렸다.

그러자 기자들이 얼른 그 광경을 카메라에 담았다.

세상에 저 자존심 센 공주님을 세상 어떤 남자가 말만으로 울릴 수 있단 말인가?

이건 대단한 기삿감이었다.

비비안은 흘러내리는 눈물을 닦을 생각도 않고 원망 가득 한 시선을 김두찬에게 던지며 말했다.

"두 번 다시, 작가님의 글은 읽지 않을 거예요. 앞으로도 영 원히 마주치는 일 없었으면 좋겠어요."

김두찬으로서는 전혀 아쉬울 게 없는 일이었다.

그가 어깨를 으쓱하고는 고개를 끄덕였다.

"멀리 마중 못 나가요. 조심해서 돌아가세요."

비비안이 등을 홱 돌려 사람들 사이로 퇴장했다.

경호원들이 그녀를 보호하며 뒤따랐다.

멀어지는 그녀의 뒷모습을 보며 김두찬은 정말로 두 번 다 시 그녀와 볼 일이 없을 거라는 걸 직감했다.

다행스럽게도 이번 일은 비비안이 스스로 마음을 접는 것 으로 끝났다.

혹여라도 깊은 모멸감에 노아처럼 자신을 가만두지 않겠다 고 하면 어쩌나 걱정했지만, 그런 일은 벌어지지 않았다.

표현 방법이 잘못되었을 뿐, 그녀는 어쨌든 김두찬을 남자로서 좋아했다.

그 마음을 배신당한 여인들의 대부분은 상대를 잊으려 하지, 복수하려 들지 않는다.

비비안도 김두찬을 잊기로 했다.

부우우웅.

비비안을 태운 차가 떠났다.

그때 시스템 메시지가 나타났다.

[보너스 미션]

비비안의 호감도를 20 이하로 떨어뜨려라.—클리어!

[보너스 미션을 클리어했으므로 보상이 주어집니다. 두찬 님의 능력 중 하나가 무작위로 한 단계 업그레이드됩니다.]

[보상이 주어졌습니다.]

[퀘스트: 다섯 가지 보너스 미션을 모두 클리어해라. 5/5]

[퀘스트를 완료했습니다. 보너스 포인트 1,000이 지급됩니다.]

마지막 퀘스트

비비안이 떠나고 난 뒤, 대문 앞에 모여 있는 사람들은 김두찬의 이름을 연호했다.

"김두찬! 김두찬! 김두찬!"

정확하지도 않은 발음으로 그들은 연신 김두찬을 불렀다.

비비안을 눈 한 번 깜빡 않고 말로 눌러놓은 광경은 그야말로 장관이었다.

김두찬이 오른 손등을 바라봤다.

다섯 조각으로 나뉜 하트의 새로운 한 조각에 색이 입혀졌다.

'이제 남은 건 하나.'

마지막 퀘스트 하나만 더 완료하면 모든 하트의 색이 전부 채워지고 큰 보상을 얻게 된다.

그때 김두찬의 눈앞에 새로운 시스템 메시지가 나타났다.

[매혹의 랭크가 SSS로 업그레이드됐습니다. 랭크 업 특전이 주어집니다. 최면술을 얻었습니다.]

보너스 미션이 무작위로 올려준 능력은 매혹이었다.

매혹의 SSS 랭크 보상은 김두찬이 핵을 사용해 몇 번 재미 봤던 최면술이었다.

김두찬이 상태창을 띄워 주르륵 훑어봤다.

직접 포인트가 10,373에 간접 포인트가 4,500 적립되어 있었다.

게다가 핵은 두 개, 증강핵 또한 두 개였다.

김두찬은 증강핵을 조급하게 투자하지 않기로 했다.

미국의 일이 끝나면 한국으로 돌아와서 천천히 생각해 볼 셈이었다.

'그나저나… 이분들을 어떻게 한담.'

김두찬이 여전히 문 앞에서 떠나지 않고 목청껏 소리쳐 대는 사람들을 쳐다봤다.

뒤에서는 레이가 도끼눈을 뜨고서 그들을 노려보고 있었다.

아무래도 이 사람들을 여기서 떠나게 하려면 방법은 하나밖에 없을 것 같았다.

김두찬이 레이에게 다가와 말했다.

"아무래도 그만 가보는 게 좋겠어요."

"어디를?"

"한국이요."

레이는 김두찬이 무슨 생각을 한 건지 대번에 알아채고 고개를 끄덕였다.

"역시 현명한 작가는 생각하는 게 다르군."

그에 레이첼이 김두찬의 손을 얼른 잡았다.

"이렇게 갑자기 가는 게 어딨어요?"

"충분히 머물렀다고 생각해요. 애초에 미국에 온 목적도 레이 대표님이랑 계약을 하기 위해서였으니까요. 이제 돌아가서 제 본업에 충실해야죠."

지금은 미국 시간으로 11일 오전 8시다.

한국은 밤 9시쯤 됐을 것이다.

중요한 건 오늘이 월요일이라는 사실이다.

김두찬은 아직 학생인 데다 겨울방학을 하지 않은 터라 무사히 졸업하려면 남은 강의에도 신경을 써야 했다.

미국에 있는 바람에 월요일 강의를 통으로 날려먹고 말았으니 이후의 강의만이라도 놓쳐서는 안 될 터였다.

물론 남들이 보기에 지금의 김두찬에게 대학은 큰 의미가 없을지도 모른다.

그러나 김두찬 본인은 대학 졸업장이라는 것을 꼭 손에 넣고 싶었다.

"아쉬울 때 보낼 줄 알아야 다음.만남이 더 반가운 법이지."

샘이 레이첼의 손을 김두찬에게서 떼냈다.

"하아, 이번 이별은 너무 무방비한 상태에서 다가왔잖아요."

"그럼 저 사람들 레이첼이 해결할래?"

레이첼의 시선에 마치 광신도처럼 김두찬을 외쳐대는 사람들이 들어왔다.

그녀가 고개를 절레절레 저었다.

"저 사람들을 무슨 수로 막아요. 김 작가님 교주 되셨네."

"하하하! 김 작가의 진가가 비로소 드러난 거지. 여전히 질투하는 거야?"

"김 작가님 잘되는 건 좋은데… 김 작가님이랑 함께할 때마다 우리는 엑스트라로 전락해 버리니 심통이 나네요."

사실이 그랬다.

샘 레넌, 레이첼 라이언, 레이 스미스.

셋 다 세계적으로 유명한 사람들이었다.

한데 김두찬은 지금 그들보다 더한 스포트라이트를 받고 있었다.

김두찬으로 인해 세 거물들의 존재감이 희미해질 정도였다.

"레이첼이 더 심통 나기 전에 빨리 가봐야겠네요."

김두찬이 웃으며 말했다.

레이첼은 더 이상 김두찬을 붙잡지 않았다.

그럴수록 아쉬움만 더 커질 걸 알았기 때문이다.

"갈 거면 빨리 가요, 작가님."

"다음에 봐요, 레이첼."

작별 인사를 건네는 김두찬을 레이첼이 힘껏 끌어안았다.

"맘 같아서는 키스라도 하고 싶지만 워낙 철벽이시니 참을 게요."

레이첼이 김두찬을 놓아주자 샘이 다가와 악수를 청했다.

두 사람은 손을 맞잡고 가볍게 흔들었다.

"곧 다시 보도록 해요."

"여유가 된다면 꼭 올게요. 촬영장 분위기도 궁금하거든요."

"세계 최고의 배우들이 총출동한 촬영 현장을 보여주지."

그 말인즉, 어마어마한 배우들의 캐스팅을 이미 마쳤다는 얘기였다.

"기대할게요."

김두찬은 마지막으로 레이에게 다가갔다.

"졸지에 마지막 날 아침이 되어버렸네요. 덕분에 미국에 있는 나날이 편안했습니다."

"나 역시 오늘 아침을 제외하고서는 대만족이었어. 다음에는 가면이라도 쓰고 들어와. 좀 조용하게 보내자고. 아침만 방해받지 않는다면 일 년 365일이라도 우리 집에서 지내게 해 줄 테니."

"호의에 감사드려요."

"그럼 가봐. 저 파리 떼들 앵앵거리는 소리 더 듣기 힘들군."

레이는 그리 말하고서 매정하게 등을 돌려 저택 안으로 들어갔다.

그 모습을 보고서 샘이 어깨를 으쓱했다.

"이해해요. 작가님을 정말 좋아하지만 원체 저렇게 생겨먹은 성격이니까."

"충분히 이해합니다."

그때 저택 안에서 레이의 기사가 나왔다.

"대표님께서 작가님을 공항까지 모셔다 드리라고 하셨습니다."

기사의 말에 샘은 피식 웃었다.

"그것 봐요. 엄청 좋아하잖아."

"모시겠습니다."

김두찬은 기사와 함께 고급 리무진에 올라탔다.

정원의 문이 열리고 김두찬을 태운 리무진이 공항을 향해 출발했다.

사람들은 그런 리무진의 뒷모습을 찍는가 하면 몇몇은 타고 온 차에 올라 빠르게 뒤를 쫓았다.

그렇게 김두찬이 사라지고 나서야 한가득 모여 있던 사람들이 우르르 흩어졌다.

갑자기 찾아온 어색한 정적 속에 레이첼이 허탈한 웃음을 흘렸다.

"뭔가 전부 꿈같아."

'김두찬이 정말 이 세상에 존재하는 사람이 맞는 건가?' 하는 이상한 의문이 드는 레이첼이었다.

*   *   *

김두찬이 한국으로 다시 돌아왔을 때는 13일 오후 4시가 되어 있었다.

공항에는 장대찬이 밴을 끌고 나와 대기하고 있었다.

김두찬이 비행기에 타기 전 미리 연락을 해놓았던 것이다.

집에 오니 다시 2시간이 흘렀다.

부모님은 아직 식당에 있을 시간이었다.

김두리도 집에 없었다.

아마 친구들과 신나게 놀고 있는 것 같았다.

김두찬이 며칠 미국에 갔다 온 것으로 그의 일상엔 큰 변화의 조짐이 보였다.

미국에서 저지른 일들이 워낙 상당했다.

노아 와튼버그의 인생을 재기 불능으로 만들었고 와튼버그 가문 역시 무너뜨렸다.

반면 그는 미국에서 일약 스타덤에 올랐다.

공항에서 내려 밴에 올라 스마트폰을 켜자마자 난리가 났다.

소속사의 사장 정태산부터 시작해서 각종 매체의 편집장과 생소한 번호로 메시지와 전화가 몰아쳤다.

이미 미국에서 벌어진 사건에 대해 전부 알고 있는 모양이었다.

집에 도착할 때까지 스마트폰은 쉴 줄을 몰랐다.

해서 김두찬은 필요한 전화만 받고서는 폰을 꺼버렸다.

대신 컴퓨터를 켜서 메신저에 접속해 정미연에게 따로 메시지를 보냈다.

―나 한국 왔어.

답장은 바로 돌아왔다.

―이미 2시간 전에 기사로 접했어요. 빨리도 알려주네요. ^^*

'윽.'

메시지 뒤에 붙은 이모티콘이 유난히 싸늘하게 다가왔다.

저건 웃고 있어도 웃고 있는 게 아니었다.

김두찬이 다시 타자를 두들겼다.

─미안! 경황이 없었어. 공항에서 스마트폰을 켜자마자 여기저기서 연락이 왔거든.

─미국에서 또 엄청난 짓을 저질러 버렸던걸, 우리 자기?

─그러게 말이야.

─근데 이상하지 않아요? 왜 자기가 가는 곳에만 이상한 똥파리들이 꼬이는 걸까? 나 언젠가부터 그런 의문이 들더라고.

'응? 그런… 가?'

김두찬은 그런 생각을 크게 해보지 않았다.

인생 역전을 접하기 전의 그의 인생 주변에는 못된 인간들 투성이었기 때문이다.

하나같이 김두찬을 놀리고 괴롭히고 왕따시켰다.

그에게 친절을 베푸는 사람은 거의 없다고 해도 과언이 아니었다.

하지만 인생 역전을 시작하고 난 후에는 삶이 180도 달라졌다.

김두찬에게 적의를 품거나 시기 질투를 하는 사람보다 호의를 가지고 다가오는 이가 더 많았다.

해서 김두찬은 정미연의 말이 선뜻 와닿지 않았다.

의아해하는 김두찬의 머릿속으로 로나의 의지가 전해졌다.

─인생 역전을 접하기 전 두찬 님의 일상은 정말이지 우울의 구렁텅이 속에 있었다고 해도 과언이 아니랍니다. 보통 사람의 평균적 생활상과 비교해 보면 제로가 아니라 마이너스까지 붙여야 할 만큼 엉망이었죠.

갑작스러운 팩트 폭행이 김두찬의 가슴을 쿡 찔렀다.

'윽, 조금 아프네.'

─아무튼 미연 님의 저런 반응은 일반적인 삶을 산 사람으로서는 당연한 것이랍니다.

'이해했어. 한데 그렇다고 하면 왜 내 주변에만 그런 인간들이 꼬이는 거야? 그것도 하나같이 굵직굵직한.'

─인생 역전이 게임이라는 건 인지하고 계시죠?

'가끔 잊기는 하지만, 일단은 응.'

─게임이라면 당연히 각각의 단계를 나아갈 때마다 보스라는 것이 등장하겠죠?

'그렇지. 아……! 그럼 날 괴롭혔던 굵직굵직한 인간들이 일종의 스테이지 보스 같은 개념이었던 거야?'

─그렇답니다. 아울러 두찬 님의 앞길에 방해가 되거나 세상에 해악을 끼치는 인물들이 주로 처치해야 할 보스로 캐스팅되었죠. 보스의 레벨은 갈수록 강해져야 하는 게 당연하겠죠? 때문에 최근에 만난 보스의 사이즈가 와튼버그 가문의

장남이 된 것이랍니다.

'그걸 왜 이제야 말해줬어?'

―이제야 궁금해하셨으니까요.

'그건… 그렇네.'

한마디로 김두찬은 지금까지 인생 역전의 보스들을 물리쳐 왔던 것이다.

김두찬은 자신에게 악감정을 갖고 있었던 인물들을 하나하나 떠올려 봤다.

처음에는 정지훈 패거리 중 한 명인 심진우를 주먹으로 제압했다.

다음은 김두리를 괴롭히던 친구와 그의 남자 친구를 노래로 눌러 버렸다.

이후 정지훈을 감옥에 보냈다.

작가가 되고 나서 얼마의 시간이 지나지 않아 문정욱과 부딪혔고, 그 역시 완전히 무너뜨렸다.

뿐만 아니라 아이돌 그룹의 리더 태경을 짓밟았다.

결국 얼마 전에는 와튼버그 가문까지 아작을 냈다.

그 외에도 정이율을 괴롭히는 사채업자들을 혼내주거나 부모님이 운영하는 식당을 짓밟으려 했던 이항두 교수를 파멸로 몰아넣은 일이 있었다.

'생각해 보니까 정말 많은 일이 있었구나. 그런데 이항두 교

수나 사채업자들 같은 경우 '계속해서 강해지는 보스'라는 개념과는 조금 어긋나는데?'

이항두 사건은 태경과의 사건이 끝난 후 터졌다.

사채업자들 역시 태경의 사이즈에 비하면 그렇게 크다고는 생각되지 않았다.

죄질은 더 나빴지만 세계적으로 팬덤을 가지고 있는 태경의 존재감을 이길 수는 없었다.

―그들은 보스라기보다는 중간 보스가 어울리는 위치였답니다.

'그렇게 말하니까 진짜 게임 같네, 이거.'

―게임이 맞답니다. 다만 현실에서 그 게임의 모든 것들이 벌어질 뿐이죠.

방금 나누었던 로나와의 대화가 김두찬에게는 인생 역전에 대해 다시 한번 생각하는 계기가 되었다.

잠시 생각을 정리한 김두찬은 정미연에게 메시지를 보냈다.

―내 인생에 좀 파도가 많은가 보지, 뭐.

정미연의 물음을 그렇게 얼버무리고서 넘어가려 하는데 김두찬의 눈앞에 시스템 메시지가 나타났다.

[퀘스트 발동―김두찬 사단의 인원을 열 명으로 늘리도록 하세요.]

[현재 사단 멤버: 4/10―서로아, 주화란, 채소다, 정태조]

'다섯 번째 퀘스트다.'

퀘스트의 내용은 사단의 멤버를 10명까지 늘리라는 것이었다.

그런데 그 아래에 또 하나의 시스템 메시지가 나타났다.

그것을 읽는 순간 김두찬은 석상이라도 된 듯 굳어버리고 말았다.

[보너스 보상―인생 역전의 엔딩]

Liking 106

사랑이 다른 사랑으로

김두찬은 시스템 메시지를 한참 동안 보고만 있었다.

'엔딩? 보상이… 인생 역전의 엔딩이라고?'

몇 번이고 시스템 메시지를 곱씹는 김두찬에게 로나가 말했다.

—어떤 게임이든 엔딩은 존재하는 법이랍니다.

'원래 이런 거야, 로나? 이 시점에서 엔딩이 나오는 시스템이었던 거야?'

—그렇답니다. 다만 두찬 님의 노력 여하에 따라 엔딩을 보는 시점에는 차이가 있겠죠. 하나, 주의해야 할 건.

로나가 잠깐 말을 끊었고 또 하나의 시스템 메시지가 나타
났다.

[제한 시간—2017년 말]

—제한 시간이 존재한답니다. 만약 실패한다면.

[실패 시 패널티—BAD ENDING: 인생 역전에서 얻게 된 모
든 능력의 소실.]

—이런 말도 못 할 패널티를 받게 된답니다.

'세다……'

여태껏 이렇게까지 어마어마한 패널티가 나타난 적은 없었
다.

한마디로 퀘스트를 수행해도 엔딩이고 수행하지 못해도 엔
딩이라는 것이다.

다만 해피 엔딩이냐, 배드 엔딩이냐가 다를 뿐.

'그럼 퀘스트를 완료하게 되면 능력이 소실되지 않는 거야?'

—두찬 님께서 얻게 된 패시브 능력은 전부 그대로 사용할
수 있게 된답니다. 하지만 더 이상 호감도 시스템을 이용할
수 없답니다. 당연히 스탯창 역시 나타나지 않겠죠.

로나가 잠들었을 때와 비슷했다.

그때와 다른 게 있다면 스탯창까지 확인이 불가능해진다는 것이다.

이는 곧 게임에서 수치화되었던 모든 것들이 실생활에 그대로 적용되어 더 이상 게임이 아닌, 완벽하게 현실 동기화된다는 것을 뜻했다.

─아울러 마지막 퀘스트를 완수해 하트의 조각들을 전부 붉게 채우면 그에 따른 히든 보상이 주어진답니다.

'히든 보상이라는 게 인생 역전의 엔딩이 아니었어?'

─아니요. 그건 마지막 퀘스트의 보상이랍니다. 하트의 보상은 따로 있답니다.

김두찬은 그게 뭔지 궁금했다.

하지만 보상이라는 말 앞에 이미 '히든(Hidden)'이라는 단어가 붙었다.

숨겨진 보상이 무언지 물어봤자 로나는 대답해 주지 않을 게 분명했다.

아무튼 인생 역전의 엔딩이 다가왔다는 사실이 김두찬으로서는 받아들이기가 쉽지 않았다.

그 이유야 여러 가지가 있겠지만, 그중에서도 가장 큰 건 '더 이상 로나와 함께할 수 없다'는 것이었다.

이미 로나는 김두찬에게 있어 대단히 큰 의미로 자리했다.

그런 존재가 한순간에 사라진다는 건 상상만으로도 힘들었다.

이에 김두찬의 마음을 읽은 로나가 위로의 말을 던졌다.

─두찬 님, 저는 어떤 형태로든 두찬 님과 함께할 거랍니다.

'그게 무슨 말이야? 어떤 형태로든 함께할 거라니?'

─말 그대로랍니다.

'또 수수께끼 같은 말이야? 하아.'

김두찬이 한숨을 내쉬었다.

마지막의 마지막까지 로나라는 여자는 정말로 종잡을 수가 없는 존재였다.

조금만 심도 깊은 대화를 하다 보면 대부분 그 끝은 물음표만 남기고 만다.

물론 대부분의 의문들은 그리 오래 걸리지 않아 해결되곤 했다.

그러나 여태 해결되지 않는 문제들이 남아 있었다.

왜 로나는 인생 역전이라는 게임을 만들어 김두찬을 플레이어로 선택한 것인지.

그와 로나 사이에는 어떠한 인연이 있는 것인지.

그 두 가지만 해도 답답한 지경인데 한 가지 의문이 더 추가되었다.

어떤 형태로 김두찬의 곁에 남겠다는 건지.

결국 김두찬은 생각하는 걸 그만뒀다.

답도 없는 문제를 계속 붙들고 있어봤자 머릿속만 복잡했다.

아무튼 여러모로 정신이 없었다.

그렇다고 계속 넋 놓고 있을 수는 없는 노릇이었다.

'받아들일 건… 받아들여야지.'

이미 로나의 부재를 겪어봤던 김두찬으로서는 그녀가 없는 삶이 얼마나 헛헛한 것인지 익히 알고 있었다.

그러나 피할 수 없는 일이라면 부딪혀야 한다.

계속 외면하는 건 투정에 불과했다.

그런 김두찬의 의지를 느낀 로나가 조용히 미소 지었다.

"후우, 일단 미뤄뒀던 포인트부터 분배해 보자"

김두찬은 우선 직접 포인트로 A랭크의 능력들을 올리기로 했다.

그는 총 12,914의 직접 포인트 중 12,800을 소모해 네 가지의 능력을 S랭크로 업그레이드했다.

[노래의 랭크가 S로 업그레이드됐습니다. 랭크 업 특전이 주어집니다. '황홀경'을 얻었습니다.]

[연기의 랭크가 S로 업그레이드됐습니다. 랭크 업 특전이 주어집니다. '관찰의 눈'을 얻었습니다.]

[춤의 랭크가 S로 업그레이드됐습니다. 랭크 업 특전이 주어집니다. '댄싱 카피'를 얻었습니다.]

[조각의 랭크가 S로 업그레이드됐습니다. 랭크 업 특전이 주어집니다. '명품 조각사'를 얻었습니다.]

김두찬은 전부 예술 쪽과 관련된 능력에만 투자를 했다.

김두찬이 S랭크의 특전들을 하나하나 자세히 살폈다.

[황홀경: 노래가 시작되면 청중들은 집단 황홀경에 빠지며 노래에 전심전력으로 집중하게 된다. 따라서 노래에 담긴 사상이나 부르는 이의 감성을 그대로 받아들이게 된다.]

[관찰의 눈: 사람들의 특징을 한순간에 파악하고 기억하며 그대로 흉내 낼 수 있게 된다.]

[댄싱 카피: 한 번 본 춤을 전부 복사할 수 있게 된다.]

[명품 조각사: 조각하는 모든 것들이 전부 명품의 반열에 들게 된다. 액티브 능력이며 한 달에 한 번 사용 가능하다.]

네 가지의 특전 능력들 전부 예술가로서 쾌재를 부를 법한 것들이었다.

'이번에는 증강핵으로 업그레이드.'

김두찬에게 있는 증강핵은 2개였다.

김두찬은 그것을 S랭크인 손재주와 창작력에 투자했다.

[손재주의 랭크가 SS랭크로 업그레이드됐습니다. 랭크 업 특전이 주어집니다. 골든 핸드의 능력이 강화됩니다.]

[창작력의 랭크가 SS랭크로 업그레이드됐습니다. 랭크 업 특전이 주어집니다. S랭크보다 10% 더 창작력이 높아집니다.]

[골든 핸드: 15분 동안 버프의 힘이 150%로 증가합니다. 하루에 한 번 사용 가능하며 매일 자정에 리셋됩니다.]

'좋아.'

손재주의 랭크 업으로 골든 핸드의 버프가 10분 동안 100% 증가에서 15분 동안 150% 증가로 대폭 늘어났다.

창작력은 S랭크 때와 마찬가지로 새로 얻은 능력 없이 창작력만 높아지는 게 전부였다.

이제 가지고 있는 포인트로 업그레이드할 수 있는 건 전부 했다.

간접 포인트는 딱히 투자할 곳이 없었다.

"후우, 그나저나 12월 말까지 6명의 인원을 더 사단으로 끌어들여야 한다 이거지."

김두찬의 사단이 되기 위해서는 신뢰도가 80을 넘어야 하며 예술 분야에서 함께 일을 하는 사람이어야 한다.

김두찬이 달력을 살폈다.

오늘이 13일이니 앞으로 남은 시간은 18일에 불과했다.

"아니지. 오늘 하루도 다 갔으니 이제 17일밖에 남지 않은 거지."

—자신 없으신가요?

로나가 도발하듯 물었다.

김두찬이 고개를 저었다.

"아니, 자신 있어."

지금 김두찬의 능력이라면 17일 동안 충분히 6명의 사람들을 사단으로 끌어들일 수 있었다.

김두찬은 주변에 예술 계통에서 일하고 있는 사람들이 누가 있는지 생각해 봤다.

가장 가까운 사람으로는 김두리가 있었다.

김두리는 배우가 되기 위해 김두찬의 태평예술대학에 수시를 봤다.

그 결과가 이제 내일이면 나온다.

'하지만 걔랑 같이 무언가 작품이라는 걸 하기에는 좀 무리지.'

김두찬은 다른 사람을 생각했다.

그러자 바로 홍근원이 떠올랐다.

홍근원은 노래도 잘하고 기타도 수준급으로 다룬다.

요즘에도 시간이 날 때마다 열심히 버스킹을 한다고 재덕이에게 전해 들었다.

김두찬은 그가 주로미와 얼마 전 이별했다는 것을 알고 있었다.

열렬히 사랑했던 만큼 이별의 아픔이 상당할 텐데도 그는 버스킹만큼은 멈추지 않았다.

'따지고 보면 얼굴도 빠지지 않아. 몸도 좋고.'

김두찬의 능력 중 박투는 홍근원에게서 얻은 것이다.

싸움을 잘하는 만큼 기본적인 신체의 피지컬이 상당했다.

홍근원은 충분히 스타성이 있는 사람이었다.

음색 역시 개성이 있었다.

'한 번만 뜨면 돼.'

화제성을 일으킬 만한 무언가가 필요하다.

김두찬이 백화점 노래자랑 대회에서 우승을 했던 것처럼.

'좋아. 홍근원으로 정했다.'

다음 사단의 멤버로는 홍근원을 영입하기로 결정한 김두찬이었다.

친구가 같이 잘돼서 함께 사단을 꾸려가는 것만큼 신나는 일은 또 없을 것이다.

어차피 내일은 연기과도 오후에 강의가 잡혀 있으니 학교에 가면 만날 수 있을 터.

김두찬은 그에 대한 생각을 한편으로 접어두고 창작유희에 접속했다.

'김두찬 단편선'과 '괜찮아' 모두 여전히 폭발적인 반응을 보이고 있었다.

단편선은 이미 24편으로 완결이 났다.

'괜찮아'는 미국에 있는 동안 미리 업로드 예약을 걸어두었던 터라, 연재 펑크가 나는 날은 없었다.

비축분도 충분한 상태였다.

'웹툰은 어찌 됐지?'

창작유희에 올라가는 글은 김두찬이 직접 관리하지만 네이브 웹툰은 회사 직원들이 업로드를 해준다.

김두찬의 웹툰 연재 시기는 이번주 월요일부터였다.

일주일에 월, 수, 금 3회가 연재되니 현재 2화까지 업로드되어 있어야 했다.

원고는 이미 6화분을 미리 보내놓았으니 회사 직원들이 농땡이를 피우지 않았다면 연재에는 아무 문제가 없었을 것이다.

김두찬이 기대하는 마음으로 웹툰 카테고리로 들어갔다.

그러자 수요 연재 목록에 '나를 싫어하는 사람들'이 두두뉴비라는 이름으로 업로드된 것이 보였다.

신작 연재라는 마크도 붙어 있었다.

'드디어!'

김두찬이 게시판으로 접속했다.

그런데 호감 표시가 999,999+로 되어 있었다.

그것은 김두찬의 웹툰을 좋아하는 이들이 호감이라는 버튼을 클릭한 횟수였다.

한데 그것이 100만 회가 넘어가면 저렇게 나타난다.

'이제 겨우 2화 연재인데?'

보통 호감이 100만 번 넘게 찍히려면 아무리 빨라도 두세 달 정도가 걸린다.

그런데 김두찬은 단 2화 만으로 그것을 해냈다.

작품의 평점도 1화, 2화 전부 9.99였다.

댓글은 화마다 수만 개가 달렸다.

한마디로 웹툰계가 김두찬의 작품으로 인해 뒤집어졌다.

김두찬은 희열에 가득 차 기쁨을 만끽했다.

하지만 그것도 잠시.

그는 다시 타자를 두들기며 글을 집필했다.

타타타타탁!

미국에 있는 동안 미뤄뒀던 집필 작업을 다시 시작한 것이다.

김두찬은 단 30분 만에 '괜찮아' 20편을 집필했다.

다음에는 태블릿으로 각 화에 어울리는 한 컷짜리 그림을 그려 넣었다.

거기까지 하는 데 총 2시간이 소요되었다.

"오케이, 이번에는 웹툰 비축분이다."

'괜찮아'의 비축분을 완성한 김두찬이 바로 웹툰 작업을 시작했다.

며칠 만에 창작 작업을 다시 하니 기분이 정말 좋았다.

태블릿 위에 선을 긋는 작업 하나하나가 그렇게 재미있을 수 없었다.

그날 밤, 김두찬은 시간이 어떻게 흘러가는 줄도 모른 채 작업에 몰두했다.

*   *   *

다음 날.

김두찬은 등교하자마자 홍근원을 찾아갔다.

홍근원은 최대한 밝은 척하며 김두찬을 반겼지만 얼굴에 그늘이 져 있었다.

"근원아, 많이 힘들어?"

김두찬이 물었다.

홍근원은 억지로 웃으며 고개를 저었다.

"견딜 만해, 하하."

그때였다.

"견딜 만하긴, 개뿔!"

누군가 박력 있게 소리치며 홍근원의 등을 짝! 때렸다.

"악!"

불의의 기습에 놀란 홍근원이 뒤돌아봤다.

그리고 앞에 서 있는 사람을 확인했다.

"으, 은정 누나."

홍근원에게 누나라 불린 이은정은 여자치고는 큰 키에 피부가 뽀얗고 예쁘장하게 생긴 여인이었다.

김두찬도 그녀에 대해서는 알고 있었다.

이은정은 연기과 1학년으로 한 달 보름 전, 홍근원의 밴드 '노는 삼촌'에 새로 들어온 신입 멤버로서 포지션은 키보드였다.

본래는 혼자서 거리 버스킹을 하다가 홍근원의 제안으로 '노는 삼촌'에 합류하게 된 케이스다.

공교롭게도 그녀가 들어오고 난 뒤 얼마 안 있어 홍근원은 주로미와 헤어졌다.

이은정이 얼떨떨해하는 홍근원의 목을 잡고 마구 흔들어댔다.

"하여튼 이 인간이 살살 꼬드길 때 그냥 버텼어야 하는 건데! 왜 입단해 가지고 이런 꼴을 봐야 돼! 매일 밤마다 술에

쩔어서 처울기나 하고 말이야!"

"케켁! 누, 누나! 모, 목 좀……!"

"닥쳐! 메인 보컬이 술을 그렇게 처마시면 어쩌자는 거야!
요새 네 보이스 예전 같지 않아서 컴플레인 오지게 들어오는
거 몰라?!"

"컴플레인은 무슨! 우리가 돈 받고 하는 밴드도 아닌데 들
어오긴 어디서……!"

"내가 넣었다! 왜!"

이은정은 결국 분풀이를 전부 하고 난 뒤에야 홍근원을 놓
아주었다.

홍근원은 아픈 목을 주물거리며 한참을 켁켁댔다.

이은정이 손을 탁탁 털며 그런 홍근원의 엉덩이를 걷어찼
다.

퍽!

"에라이!"

"아, 좀 그만 때려!"

"됐고. 오늘도 술 마실 거야?"

"왜? 마시지 말라고?"

"마실 거면 괜히 다른 사람한테 민폐 끼치지 말고 나 부르
라고. 취할 때마다 질질 짜면서 그 모습 다른 사람한테 보일
셈이야? 그러다 너 고소당한다."

"같이 마셔주고 싶으면 험한 말 좀 하지 말든가."

"나라도 해줘야 빨리 정신 차리지."

"이런 걸 꿈보다 해몽이 낫다고 하는 거지."

두 사람이 티격태격거리는 걸 본 김두찬이 이은정에게는 이모션 스틸을, 홍근원에게는 상상 공유를 사용했다.

두 남녀는 상상 공유가 끝나는 5분 동안 계속해서 티격태격거리고 있었다.

그에 김두찬이 속으로 피식 웃었다.

'근원이, 의외로 빨리 괜찮아지겠네.'

이모션 스틸로 훔쳐본 이은정의 현재 감정은 복잡다단했으나 그중 가장 큰 것은 설렘이었다.

그녀는 홍근원을 보며 설레고 있었다.

즉 그에게 이성으로서 관심이 있다는 말이었다.

워낙 성격이 괄괄해서 다가가는 방법이 과격할 뿐이었다.

그리고 홍근원도 이은정에게 이성으로서의 호감이 충분히 있었다.

상상 공유는 이모션 스틸보다 더욱 깊이 있게 상대의 속을 들여다본다.

즉, 상대방의 무의식적인 측면까지 확인할 수 있다는 것이다.

김두찬은 상상 공유로 인해 홍근원의 현재 상태를 완벽히

진단했다.

그는 이은정에게 호감이 있지만 지금은 이별의 아픔이 너무 커서 자기 마음을 확실히 모르고 있는 상태였다.

뭔가 기폭제 같은 것이 있다면 이 두 사람은 금방 친해질 터였다.

"아무튼 너 내일 버스킹 있는 거 알지?"

투닥거림이 조금 잦아들고 난 뒤, 이은정이 물었다.

"어? 그랬어?"

"근원아, 정신 차려! 리더인 네가 이러면 죽도 밥도 안 돼. 가뜩이나 다른 멤버들 지금 다 떠나려는 판인데 너마저 이러면 어쩌자는 거야?"

현재 노는 삼촌의 멤버는 총 네 명이다.

그중 홍근원을 제외한 셋이 탈퇴 선언을 했다.

1학년 겨울방학 전까지만 활동을 하고 이후에는 각자의 학업에만 집중하기로 한 것이다.

홍근원은 애초에 연기과에 입학했으므로 노래를 부르는 것 역시 그에게 도움이 안 되는 건 아니었다.

하지만 다른 멤버들은 노래와는 전혀 상관없는 과가 있는 학교로 갔다.

노래는 좋아하는 것이지만 그들이 먹고살기 위해서는 실질적으로 도움이 되는 무언가를 찾아야 했기 때문이다.

혹은 좋아하는 것과 잘하는 것을 제대로 파악해서 자신의 길을 정한 멤버도 있었다.

그런 상황이다 보니 '노는 삼촌'은 곧 없어질 위기였다.

해서 홍근원이 혼자 키보드를 두들기던 이은정을 영입했던 것이다.

그녀는 같은 연기과 동기인 데다가 나름 친하기도 했고 키보드 실력이 좋은 것은 물론 노래 부를 때의 음색도 제법 괜찮았다.

홍근원은 어떻게든 자신의 밴드를 지키고 싶어 했다.

그랬던 인간이 지금 이별 후유증으로 넋 놓고 있으니 이은정의 속이 타들어갈 만도 했다.

'음… 두 사람을 전부 영입할까?'

순간 그런 생각이 드는 김두찬이었다.

이은정 역시 외모나 실력 면에서 부족한 게 없는 여인이었다.

두 사람을 듀엣 밴드로 만들어서 승부한다면 충분히 빛을 볼 가능성이 있었다.

김두찬이 홍근원과 이은정의 머리 위에 뜬 수치를 살폈다.

홍근원은 호감도가 100, 진심도가 8이었다.

이은정은 호감도가 98이었다.

그녀가 김두찬과 친해진 건 얼마 전이었지만 그 전부터 김두찬의 존재에 대해서는 익히 알고 있었다.

김두찬이 연기과 사람들과 족구 시합을 할 때부터 그를 눈여겨보았었다.

워낙에 잘나가는 사람인 데다 친구들 사이에서 매너 좋기로 유명한 만큼 호감이 안 갈 수가 없었다.

물론 그렇다고 해도 이성적으로 그를 생각하는 건 아니었다.

그저 사람으로서 호감이 갈 뿐이었다.

'로나, 호감도가 100이 되지 않으면 신뢰도 역시 80을 넘기가 힘든 거야?'

─절대 그런 건 아니지만, 대부분의 경우가 그렇답니다.

'일단 호감도를 100까지 만들어놓아야 수월하다는 얘기네.'

상대방의 신뢰도를 보기 위해서는 그들과 합작을 하나 해야 한다.

김두찬이 그들과 어떤 식으로 합작을 하면 좋을지 생각했다.

음악을 하는 이들과 최고의 합작은 노래를 부르는 것이다.

하나 김두찬은 그러지 않기로 했다.

노래는 온전히 이 두 사람의 몫이어야 했다.

'그렇다면 가사를 써?'

아무래도 그게 가장 좋을 것 같았다.

어차피 음악을 하는 사람들은 좋은 아이디어만 있다면 계속해서 곡을 쓰게 마련이다.

김두찬이 멋진 가사를 안겨주면 분명 홍근원이든 이은정이든 곡을 쓸 테고, 그것으로 합작을 하는 것이 된다.

그에 김두찬이 두 사람에게 이를 제안하려 할 때였다.

"네가 멍 때리는 동안 신곡을 하나도 발표하지 못해서 있는 곡들만 우려먹고 있잖아! 빨리 새로운 거 하나 만들어야지!"

"이번엔 누나가 쓰면 안 될까? 나 이 상태로는 도저히 뭘 못 하겠어."

"난 카피한 음악들만 연주해 봤지 작곡은 해본 적 없단 말이야. 알면서 그런 말을 하니?"

마침 '노는 삼촌' 밴드에서 신곡이 오랫동안 나오지 않은 모양이었다.

지금이 협업 제안을 하기에는 더 없이 좋은 찬스였다.

"저기, 근원아. 가사가 안 나오는 거야? 아니면 멜로디가?"

김두찬의 물음에 홍근원이 한숨을 푹 내쉬었다.

"흐아아아, 둘 다."

"그럼 내가 가사만이라도 써주면 어떨까?"

그 말에 홍근원은 물론이고 이은정의 눈까지 번쩍 뜨였다.

지금 대한민국에서 가장 잘나가는 작가의 제안이니 그럴 만도 했다.

"저, 정말?!"

홍근원이 김두찬의 손을 덥석 잡았다.

"응."

"네가 가사만 써주면 멜로디는 금방 나올 거야! 그렇지, 근원아?"

이은정이 홍근원의 어깨를 팍팍 두들겼다.

"그, 글쎄… 평소라면 그랬겠지만……."

"네가 멜로디만 만들어주면 가사 써줄게. 단, 삼 일 이내에 완성시킨다는 조건으로."

"삼 일이 뭐야! 느낌만 오면 몇 시간 만에 나오는 경우도 있어! 그렇지, 근원아?"

"하아, 진짜 고맙고 날아갈 것처럼 좋긴 한데 나한테는 시간이 좀 필요해."

"너 두찬이가 이렇게까지 도와준다는데 이 기회를 놓칠 거야? 나 같으면 절이라도 했겠다!"

고함을 치는 이은정의 호감도가 98에서 100으로 올라갔다.

'됐다.'

이은정의 정수리에서 흘러나온 빛 무리가 김두찬의 몸 안으로 흡수되며 시스템 메시지가 나타났다.

[상대방의 가장 뛰어난 능력을 익혔습니다. 보너스 스탯이 추

가되었습니다.]

김두찬이 상태창을 열었다.

새로 추가된 능력은 바로 '작곡'이었다.

그에 김두찬은 고개를 갸웃거렸다.

'이건… 이은정의 가장 뛰어난 능력이 작곡이라는 얘기인데.'

설마 아직까지도 스스로의 능력에 대해 인지를 못 한 건가?

그럴 리 없었다.

음악을 업으로 삼는 사람인데, 작곡 한 번 안 해봤을 리가.

'뭔가 숨기고 있어.'

홍근원이 작곡을 할 상태가 아닌 지금, 그녀가 손을 걷어붙인다면 더할 나위 없이 좋을 일이었다.

물론 김두찬이 방금 얻은 작곡의 능력을 업그레이드시켜서 직접 만들어도 된다.

하지만 그것보다는 이들의 색을 담을 수 있는 노래가 필요했다.

때문에 김두찬은 이은정이라도 작곡을 해줬으면 했다.

무엇보다 가장 뛰어난 능력이 바로 그것이잖은가?

하지만 이은정은 스스로 작곡에 재능이 없다며 발을 빼는 중이다.

김두찬은 그런 이은정의 속내를 어떻게 파헤칠까 생각하다가 그냥 가장 쉬운 방법을 택하기로 했다.

한 달에 한 번 사용할 수 있는 능력, 최면술을 그녀에게 사용했다.

그러고는 물었다.

"누나, 솔직하게 말해줘요. 진짜 작곡 못해요?"

"…어?"

이은정의 눈동자가 약간 흐리멍텅해졌다.

"작곡 못하냐고요."

김두찬은 최면술을 걸고 나서 이은정에게 '솔직하게 말해달라'는 명령을 던졌다.

때문에 이은정은 지금부터 거짓을 말할 수 없었다.

"아니, 작곡… 하고 있어."

"엥?"

홍근원이 놀라서 그녀를 바라봤다.

"뭐야, 누나? 여태 작곡은 못한다고 했었잖아."

지금의 이은정은 홍근원의 물음에 아무런 대답도 하지 않는다.

오로지 김두찬의 목소리에만 반응한다.

그래서 홍근원의 말이 끝나자마자 김두찬이 덧붙였다.

"왜 그런 거짓말을 했어요?"

"…쪽팔려서."

"뭐가요?"

"한 번도 사람들한테 내가 만든 곡 들려준 적이 없었어. 예전에도 그랬고 지금도 변함없어. 나한테는 그런 용기가 없어."

이은정이 홀린 듯 내놓는 대답에 홍근원은 기가 찼다.

"아니, 평소에는 누나인지 형인지 모를 정도로 털털한 사람이 왜 그런 쪽으로는 수줍어하고 그래?"

"누나, 자신이 만든 곡들에 더 자신을 가져봐요. 분명히 멋진 곡들을 만들었을 거예요. 그러니까 더 이상 부끄러워하지 말고, 세상에 꺼내놓도록 해요. 알았죠?"

홍근원이 보기에는 김두찬이 이은정에게 용기를 돋워주는 것처럼 보였다.

하지만 그것은 최면에 걸린 사람에게 하는 명령이었다.

홍근원은 김두찬의 말이 씨도 먹히지 않을 것이라 생각했다.

그러나 이은정은 고개를 끄덕였다.

그 순간 김두찬은 최면술을 끝냈다.

최면에서 풀려난 이은정이 얼떨떨한 얼굴로 눈만 깜빡였다.

그런 이은정을 홍근원이 흔들었다.

"누나, 진짜 누나 맞아?"

"어?"

"아니, 그 고집 센 사람이 왜 두찬이 말에는 이렇게 고분고분해?"

"그, 그러게?"

"뭐야? 역시 여자는 미남한테 약한 거야? 예외는 없는 거야? 그런 거야?"

"아니야, 그런 거! 나도 이유를 모르겠네. 두찬아, 너 나한테 뭐 했니?"

"아니요."

김두찬이 태연하게 고개를 저었다.

"아무튼 누나 작곡하고 있었다고?"

"어… 응."

"근데 그걸 감쪽같이 속이냐? 지금 들어볼 수 있어?"

예전의 이은정이었다면 대번에 싫다고 했을 터였다.

그런데 이상하게 지금은 들어볼 수 있냐는 물음에 거부감이 없었다.

얼마든지 들려줄 수 있을 것 같았다.

아니, 들려주고 싶었다.

"…그래. 들려줄게."

*　　　　*　　　　*

"대박이네."

"진짜 좋다."

이은정이 작곡한 노래를 듣고 난 홍근원과 김두찬의 반응이었다.

그녀가 작곡한 노래들을 다섯 개 정도 들었는데 하나같이 대단했다.

인디밴드 특유의 감성과 이은정이라는 사람 개인의 개성이 낯선 듯 대중적인 멜로디 안에 잘 버무려져 있었다.

보통 이런 식이 되면 이도 저도 아닌 곡이 되어버리기 십상이었다.

그런데 이은정의 음악은 그렇지 않았다.

여러 가지 재료들을 잘 넣고 맛있게 비빈 비빔밥 같았다.

김두찬이 얼른 펜과 노트를 꺼내 뭔가를 적어나갔다.

그러는 사이 홍근원은 이은정의 음악을 더 감상했다.

음악 하나가 끝날 때쯤 김두찬도 필기를 끝냈다.

그가 연습장 한 페이지에 빠르게 적은 글을 이은정과 홍근원에게 보여주었다.

처음엔 수필인가 했는데 아니었다.

그것은 노래 가사였다.

가사를 전부 읽고 난 홍근원은 머릿속에 벼락이 치는 것 같은 충격을 받았다.

이은정 역시 다를 바 없었다.

"너, 너 지금 이걸 몇 분 만에 적었어?"

"두찬아, 지금 적은 거 맞니? 미리 적어놨던 거 가져온 거 아니고?"

"지금 적은 거예요, 누나. 누나가 작곡한 음악 중에 세 번째로 들려줬던 거 있잖아요. 그게 정말 좋았어요. 그래서 그 음악 생각하며 써봤어요."

김두찬의 얘기를 듣고 난 이은정이 가사에 멜로디를 입혀 흥얼거렸다.

그러더니 화색 가득한 얼굴이 되었다.

"몇 군데만 손보면 당장 가사로 사용해도 될 것 같은데?"

"그렇죠?"

"응! 그리고 메인 보컬은 근원이가 하자."

"내가? 누가 노래니까 누나가 메인 해."

"아냐. 이건 남자 감성이 들어가 줘야 완전히 젖는단 말이야. 난 코러스로 백업할게. 잠깐만."

이은정이 김두찬의 가사 중 몇 군데를 손보더니 홍근원에게 내밀었다.

"음악 틀어줄 테니까 불러보는 거야."

"여, 여기서?"

김두찬 일행이 있는 곳은 아직 강의 시작 전인 연기과 강의실이었다.

"뭐 어때! 버스킹이나 이거나. 간다!"

이은정이 스마트폰에서 이어폰을 빼고서는 음악을 플레이시켰다.

그에 홍근원은 등 떠밀리듯 노래를 불러 나갔다.

순간 강의실 안에 퍼져 나가는 아름다운 멜로디와 감미로운 목소리에 모든 이들의 이목이 집중되었다.

그리고 음악의 정서를 한껏 깊이 있게 해주는 저릿저릿한 가사가 몰입감을 높였다.

한 곡의 노래가 끝나고 난 뒤, 모든 학생들이 환호하며 박수를 쳐주었다.

어색하게 웃으며 고맙다고 인사하는 홍근원을 보며 이은정이 만족스레 미소 지었다.

그리고 김두찬의 눈앞에 시스템 메시지가 나타났다.

[홍근원, 이은정과 합작을 하게 됐습니다. 같은 분야에서 일을 하는 사람으로 사단 영입이 가능하나, 신뢰도가 80이 넘어야 합니다.]

김두찬이 홍근원과 이은정의 머리 위를 살폈다.

두 사람의 신뢰도는 검은색으로 나타나 있었는데 홍근원이 97, 이은정이 81이었다.

홍근원은 전부터 김두찬을 좋게 봤으니 그렇다 쳐도 이은정의 신뢰도는 의외였다.

'로나, 이거 말이 되는 상황이야?'

─특별한 경우랍니다. 호감도를 떠나서 은정 양은 두찬 님이 믿을 만한 사람이라고 생각하고 있었던 거랍니다.

'무얼 봐서?'

─이미 두찬 님은 매스컴으로 여러 가지를 보여주셨잖아요? 그런 모습들을 접한 사람들의 머릿속엔 두찬 님이 어떤 사람인지에 대한 판단이 자리하게 된답니다. 은정 양은 수많은 경우의 수 중에서 두찬 님이 믿을 만한 사람이라는 쪽을 택하게 된 케이스랍니다.

로나의 말이 끝나자마자 새로운 시스템 메시지가 나타났다.

[홍근원과 이은정의 신뢰도가 80을 넘었습니다. 두 사람을 김두찬 님의 사단으로 영입할 수 있습니다. 그들을 사단으로 인정하시겠습니까? YES/NO]

'당연히 예스.'

[홍근원과 이은정은 김두찬 님의 사단이 되었습니다. 그들은 절대로 김두찬 님을 배신하지 않을 겁니다.]

[김두찬 사단을 만들어라: 6/10─서로아, 주화란, 채소다, 정태조, 홍근원, 이은정]

[보너스 보상: 인생 역전의 엔딩]

*   *   *

목요일엔 강의가 어효은 교수의 극작 실기 하나밖에 없다.

한데 강의실로 들어온 사람은 어효은이 아닌 장혁우 교수였다.

김두찬이 이번주 내내 학교에 나오지 못해 몰랐는데, 어효은 교수의 사정으로 인해 두 교수의 강의 시간이 바뀐 것이었다.

오후 1시 반에 시작된 강의는 4시 무렵 끝이 났다.

학생들이 삼삼오오 모여 귀가를 서둘렀다.

김두찬도 친구들 몇몇과 강의실을 나서려 했다.

그런 그를 장혁우가 불러 세웠다.

"두찬 학생."

"네?"

김두찬이 그를 쳐다봤다.

"미국에서 맹활약을 하고 왔던데요."

"아… 본의 아니게 그만."

"본의 아니게 그런 일을 저지를 수 있는 사람은 거의 없다고 봐야죠."

"그렇… 겠죠. 하하."

김두찬이 멋쩍게 웃었다.

장혁우가 그런 김두찬의 어깨에 팔을 둘렀다.

"궁금한 게 있는데 사실대로 말해줄 수 있어요?"

"네? 뭐가 궁금하신데요?"

장혁우는 짐짓 대단한 걸 물어보려는 것처럼 분위기를 팍 잡았다.

한데 이내 입꼬리가 양쪽으로 쭉 찢어졌다.

"레이첼 말이야. 실물로 봐도 그렇게 예뻐요? 응?"

"…네? 만나보지 않으셨어요?"

"내가 레이첼을? 어떻게 만나요?"

"아니… 그래도 교수님, 한때는 전 세계적으로 유명한 배우셨잖아요."

장혁우는 서른 중반으로 늦게 두각을 드러내며 유명 배우가 된 슬로우 스타터였다.

그가 연예계에 데뷔를 한 건 스물 중반을 넘긴 나이였다.

한데 단 3년 만에 한국 드라마, 영화계의 모든 상이란 상은 죄다 섭렵하더니 막강한 히트 제조기, 흥행 보증수표가 되었다.

이후에는 바로 할리우드에 진출했고 거기서도 톱스타로 우뚝 섰다.

할리우드의 톱스타라고 하면 결국 세계적인 톱스타라는 것과 마찬가지였다.

사람들은 그런 장혁우가 계속해서 세계를 무대로 활약할 것이라 생각했다.

하지만 장혁우는 그들의 예상을 뒤집어엎으며 몇 년 전, 시원하게 은퇴를 선언했다.

배우로 활약한다면 앞으로 더 큰 성공을 거머쥘 수 있을 게 분명했다.

그럼에도 장혁우는 모든 걸 내려놓았다.

처음에는 그가 세운 매니지먼트 회사 무하 엔터테인먼트를 더 확장하는 데 올인하려나 보다 싶었다.

한데 그 또한 아니었다.

그는 한국 3대 기획사의 반열에 올려놓은 무하 엔터를 모교 후배이자 사업 파트너인 안준형에게 넘겼다.

이후 본인은 교수의 직함을 달고 여유로운 삶을 영위하는 중이다.

아무튼 김두찬은 그토록 대단한 사람이라면 레이첼과 충분히 만났을 법도 하지 않았을까 싶었다.

"내가 한참 활동할 땐 레이첼이 무명이었죠."

"그랬나요?"

"내가 활동 그만두니까 터지더라고. 아무튼, 어땠어요?"

그리 묻는 장혁우에게서는 세계를 아울렀던 사람의 포스 같은 것이 전혀 느껴지지 않았다.

오히려 정다운 옆집 형 같았다.

한데 김두찬은 알았다.

바로 이것이 이 사람의 매력이며, 가장 큰 무기라는 것을.

"화면으로 봐도 예쁜데, 실물이 더 매력 있어요."

"그래요? 나도 보고 싶네. 아, 기사 보니까 와튼버그 가문은 완전히 멸망할 것 같은 분위기더라고요. 노아 와튼버그는 무기징역을 피할 수 없을 게 분명해 보이고."

"죄를 지었으니 그 대가를 받는 거겠죠."

"사건이 터지는 자리에 있던 두찬 학생은 착한 일을 해서 정의의 사도가 되었고요. 게다가 다음 날 고백하러 온 비비안을 뺑 차버렸죠. 기자들이 잔뜩 모여든 상황에서. 진짜 쪽팔리고 자존심 상했을 거야, 그렇죠?"

"마음이 없는 사람과 사귈 수는 없으니까요."

"그렇죠. 사랑을 고백할 자유가 있다면, 거절할 자유 역시 있는 거니까요. 아무튼!"

장혁우가 김두찬의 등을 탁탁 두들겼다.

"언제나 응원할 테니 더 멋지게 활약해 줘요."

"네, 교수님. 로미도 잘 부탁드릴게요."

"에이, 난 무하 엔터에 명예 회장이라는 직함만 있지 손 놨어요. 로미 부탁은 그 회사 대표한테 해야죠."

장혁우는 손사래를 치며 먼저 강의실을 나갔다.

김두찬이 빠르게 멀어지는 그의 뒷모습을 보며 미소를 머금었다.

장혁우는 참 묘한 매력이 있는 사람이었다.

*   *   *

김두찬은 학교를 파하자마자 홍근원, 이은정과 합류했다.

그러고는 두 사람을 밴에 태워 '노는 삼촌'의 합주실로 가서 키보드와 마이크, 스피커 등 음향 장비를 실은 뒤 홍대로 향했다.

이제 홍근원과 이은정은 김두찬 사단이 되었으니 제대로 케어를 해줄 필요가 있었기 때문이다.

물론 두 사람도 심적으로는 이미 그를 따르고 있었다.

"우와! 진짜 넓다. 장비를 다 실었는데 널널한 거 봐."

밴에 오른 이은정은 신나서 주변을 두리번거렸다.

"누나, 촌스럽게 그러지 마."

"야, 네 꼴을 봐."

홍근원은 이은정과 달리 딱딱하게 굳어 있었다.

"그렇게 굳어 있는 게 더 촌스러워."

"난 밴 때문이 아니라 버스킹 걱정돼서 그러는 거야."

"버스킹 한두 번 해?"

"이 멤버로 하는 건 처음이잖아."

"아, 그러네."

그에 김두찬이 끼어들었다.

"다른 사람들은 합류 안 해?"

"우리 오늘부로 휴강이잖아. 너희도 그렇지 않아? 내일 강의 없지? 겨울방학 시작이야."

"아… 1학년 겨울방학 전까지만 같이하기로 했다 그랬지."

"응. 그러니까 앞으로는 나랑 은정 누나랑 둘이서만 활동해야 돼."

그러자 이은정이 팔짱을 끼고 미간을 찌푸렸다.

이를 본 홍근원이 왜 그러냐고 물었다.

"아니, 너랑 나랑 같은 성도 아니고 남녀잖아. 그런데 밴드 이름이 '노는 삼촌'은 아니지 않아?"

"그렇긴 하지."

"노는 남매 어때?"

이은정이 개명을 제안했다.

"노는 남매? 그게 뭐야. 싫어."

"왜 싫어? 우리 남매 맞잖아."

"그래도 그렇지 센스가 너무 구리잖아."

"노는 삼촌은 참 센스 있다?"

티격태격하는 두 사람 사이에 김두찬이 끼어들었다.

"그럼 이건 어때? 노는 커플."

"뭐어?"

"커플이라니?"

홍근원과 이은정이 기겁을 했다.

"싫어? 은정 누나 싫어요?"

김두찬이 두 사람을 번갈아 보며 물었다.

홍근원은 바로 대답하지 못했고, 이은정은 그런 홍근원의 눈치를 살폈다.

잠시 고민하던 홍근원이 손을 딱 튕겼다.

"노는 커플! 괜찮다."

"진심이야?"

놀란 이은정의 눈, 코, 입이 다 쩍 벌어졌다.

"응. 마케팅 좋잖아. 달달한 커플 콘셉트로 달달한 노래를 불러 젖히는 거야. 남녀가 둘이 밴드하는 데 이보다 더 좋은 콘셉트가 어디 있어? 안 그래?"

"그, 그렇지. 응."

"오케이! 오늘부터 우리는 노는 커플이야!"

"좋아!"

이은정이 홍근원의 의견에 적극 찬성했다.

애초부터 그녀는 홍근원에게 마음이 있는 상황이었다.

그러니 이런 제안이 나쁠 리 없었다.

세 사람이 두런두런 떠드는 사이 밴은 홍대에 도착했다.

'노는 커플' 두 사람은 열심히 음향 장비들을 세팅했다.

그동안 김두찬은 어떻게 하면 이들에게 화제성을 심어줄 수 있을까 고민했다.

한데, 그럴 필요가 없었다.

이미 김두찬으로 인해 주변에 수많은 사람들이 몰린 상황이었다.

개중에는 기자도 상당수 보였다.

대부분 김두찬의 눈에 얼굴이 익은 기자들이었다.

유명세를 탄 이후 기자들의 감시망에서 벗어나지 못하는 일상을 살다 보니 자연스레 낯을 익히게 되었다.

"김두찬이다."

"와… 진짜 실물이 더 낫다고 난리들 치더니 레알이네."

"근데 뭐 하려고 하는 거지?"

"저기 저 사람들 음향 장비 까는데?"

"함께 밴드라도 만들었나?"

"작가가 무슨 밴드야."

"너 몰라? 김두찬 원래 노래 때문에 떴어."

"맙소사, 노래까지 잘한다고? 낫닝겐이네, 완전."

몰려든 사람들이 김두찬 일행을 보며 수군거렸다.

'여기서 한 번 터뜨려 주면 될 것 같은데.'

주변에 깔린 인파도 많고 기자들도 있으니 노래만 제대로 불러주면 분명히 화제가 될 것 같았다.

'노래는 분명히 좋아. 대중성이 충분한 데다 중독성 있는 멜로디에 가사도… 음.'

김두찬이 가사도 끝내준다는 말을 속으로 뇌까리려다 말았다.

가사를 쓴 사람이 본인이니 자화자찬밖에 되지 않기 때문이다.

김두찬이 스마트폰을 꺼냈다.

두 사람이 공연을 시작하면 그 광경을 카메라에 담기 위해서였다.

촬영한 영상은 SNS에 올릴 셈이었다.

그런데.

지이이잉—

핸드폰이 몸을 떨었다.

액정을 확인하니 김두리에게서 메시지가 와 있었다.

—꺄아아악! 오빠! 나 합격했어! >ㅂ< 이게 다 레이첼 언니 덕분이고, 오빠 덕분이야! 알라뷰~! 용돈 받으면 한턱 쏠게!

메시지를 읽고 난 김두찬의 입가에 미소가 번졌다.

김두리가 결국 태평예술대학 연기과 수시에 합격을 한 것이다.

'다행이네.'

이미 합격할 것을 알고 있던 김두찬이었다.

한데 막상 합격했다는 소식을 접하고 나니 또 감회가 남달랐다.

톡톡.

스피커를 통해 마이크를 두들기는 소리가 크게 퍼져 나갔다.

음향 장비 세팅을 마친 홍근원이 마이크를 두들긴 것이다.

"아아, 테스트. 테스트."

김두찬이 홍근원에게 다가왔다.

"됐어?"

"완벽해. 후우."

"그럼 나 마이크 한 번만 사용할게."

"어?"

홍근원이 뭐라고 하기도 전에 김두찬이 마이크를 들었다.

그러고는 주변에 모인 사람들을 향해 말했다.

"안녕하세요, 여러분. 김두찬입니다."

그가 한마디를 내뱉자 주변에서 큰 환호성과 박수 소리가 돌아왔다.

"열화와 같은 성원에 감사드립니다. 제가 오늘 홍대, 그중에서도 가장 버스킹 하기 좋은 이 무대에 서서 다른 친구들이 음향 장비 세팅할 동안 딴짓만 하다가, 세팅 끝나니까 갑자기 마이크를 빼앗은 이유는 뭘까요?"

김두찬이 잠시 말을 끊고 씩 웃었다.

사람들이 저마다 한마디씩 던졌는데, 대부분은 노래를 하기 위함이 아니냐는 것이었다.

"아니요. 저는 오늘 노래를 하지 않을 겁니다. 제 본분은 가수가 아닌 창작자거든요. 책을 내기도 전에 노래로 주목을 받았더니 이런 오해들을 하시는 모양이네요. 그럼 노래를 하지도 않을 거면서 왜 마이크를 들었을까요? 소개해 주고 싶은 밴드가 있어서 그렇습니다."

김두찬이 손으로 홍근원과 이은정을 가리켰다.

"바로 노는 커플이라는 밴드인데요. 보시다시피 미남 미녀 두 사람으로 심플하게 구성되어 있습니다. 저는 노는 커플 밴드를 오늘부터 후원하기로 했고요."

그런 얘기는 홍근원과 이은정도 처음 듣는 것이었다.

김두찬은 두 사람에게 아무 말이 없다가 많은 사람이 보는 앞에서 별안간 스폰서가 되어주겠다고 발언했다.

이미 김두찬이 얼마를 버는지 알고 있는 홍근원의 눈이 튀어나올 듯 커졌다.

"제가 왜 후원을 결정했을까요? 노래에 답이 있습니다."

김두찬은 마이크를 제자리에 갖다 놓았다.

그리고 두 사람에게 시작하라는 사인을 보냈다.

김두찬의 바람잡이로 인해 사람들의 기대감은 커졌다.

판은 깔아졌다.

이제 두 사람이 제대로 놀아주기만 하면 되는 일이다.

홍근원과 이은정이 시선을 교환하고서는 천천히 노래를 시작했다.

김두찬은 그 장면을 스마트폰에 고스란히 담았다.

모여든 관객들은 두 사람의 아름다운 하모니에 처음부터 푹 빠져들었다.

너도나도 동영상으로 노는 커플의 모습을 녹화했다.

3분을 조금 넘는 노래가 끝난 뒤, 사람들의 우레와 같은 박수가 터져 나왔다.

홍근원이 밴드 생활을 하는 동안 가장 큰 호응이었다.

이은정은 벅차는 가슴을 손으로 지그시 눌렀다.

두 사람이 저도 모르게 손을 꼭 잡고서 고개를 끄덕였다.

'됐어.'

이제 노는 커플 밴드는 분명히 뜰 것이다.

김두찬은 그런 확신이 들었다.

그리고 또 하나.

두 사람이 주고받는 눈빛이 평소와는 달랐다.

특히 홍근원의 눈동자에 전에 없던 애정이 깃들어 있었다.

사랑이 다른 사랑으로 잊히는 순간이었다.

Liking 107

상견례

12월 15일, 금요일.

겨울방학의 첫날이었다.

어제는 홍대에서 늦게까지 버스킹을 했다.

관중들의 호응이 너무 좋으니 홍근원과 이은정은 시간 가는 줄 모르고서 열정적으로 노래를 불렀다.

결국 자정이 다 되어서야 공연이 끝났다.

그것은 버스킹이라기보다는 거의 한 무명 밴드의 작은 콘서트나 다름없었다.

장장 세 시간 가까이 노래를 불렀으니 말이다.

김두찬은 고생한 두 사람을 밴에 태워 각자의 집까지 태워다 주었다.

함께 밴을 타고 가면서 홍근원과 이은정은 정말 자신들의 스폰서가 되어줄 것이냐 물었다.

그들의 입장에서 김두찬은 가까이 보자면 같은 과 동기지만 멀리 보자면 감히 어깨를 나란히 하기 힘든 스타였기 때문이다.

김두찬은 흔쾌히 그럴 것이라 대답하며 이런 말을 덧붙였다.

"나 곧 매니지먼트사를 설립할 거야."

그는 창작유희의 덩치를 불려 예술인들을 케어해 주는 매니지먼트 회사를 만들 계획이었다.

김두찬에게는 차고 넘치는 자금이 있었다.

아울러 어디 내놓아도 자기 몫 이상은 톡톡히 하는 인재들도 확보된 상태다.

또한 김두찬이 매니지먼트사를 창립한다고 하면 두 팔 걷고 도와줄 인맥 또한 짱짱했다.

모든 것이 다 갖춰졌으니 망설일 필요는 없었다.

이미 어제 세계 도서관에 접속해서 법인 회사를 설립하기 위한 방법에 대해 완벽히 숙지한 상황이었다.

법인 설립이라는 게 경험이 없으면 창립하는 데 몇 달이 걸리지만 알고 덤비면 빠를 경우 한 달 안에도 설립이 가능했다.

아니, 김두찬이 법인 설립을 위해 제출한 자료들을 담당처인 국세청과 법원에서 빨리 검토만 해준다면 기간을 더욱 앞당길 수도 있었다.

아무튼 김두찬의 법인 회사 발족 선언은 홍근원과 이은정을 들뜨게 만들었다.

제대로 된 스폰서가 붙게 된다는 건 곧, 정규 앨범도 내고 방송 출연도 하게 될 거라는 얘기였으니 말이다.

"하하."

아침 일찍 기상해서 컴퓨터 앞에 앉은 김두찬이 웃음을 터뜨렸다.

어제 자신의 얘기를 듣고 잔뜩 상기된 두 사람의 얼굴이 떠올랐던 것이다.

"어디 보자."

김두찬은 인터넷 창에다가 '노는 커플'을 검색했다.

그러자 이와 관련된 글들이 주르륵 나타났다.

블로거들은 물론 기자들도 '노는 커플'에 대한 글을 써 올렸다.

확실히 어제의 버스킹은 그들을 세상에 알리는 데 큰 도움이 됐다.

"바쁘게 움직여야겠네."

김두찬은 오늘 집필과 웹툰 작업을 하지 않고 법인 설립 관련 서류를 떼는 것에만 집중하기로 했다.

*　　　　　*　　　　　*

김두찬은 오늘 장대찬에게 푹 쉬라 이른 뒤 자신의 차를 몰고 은행과 주민센터, 세무서를 들렀다.

거기에서 당장 바로 준비할 수 있는 서류들을 준비한 뒤 오래간만에 작업실로 향했다.

김두찬이 작업실에 들어서자마자 채소다가 우다다다 달려와 와락 끌어안았다.

"두찬아! 이게 얼마만이야!"

"잘 지냈어요?"

주화란도 김두찬에게 다가와 인사를 건넸다.

"미국 일은 잘 마무리 짓고 왔어요?"

"네."

"나 기사 보고 놀라서 뒤집어지는 줄 알았다는!"

"아, 누나도 봤구나."

채소다가 격하게 고개를 끄덕였다.

"그게 사실 어떻게 된 거냐면요……."

"레이 스미스 저택에서 머물렀다며! 그럼 맛있는 고기도 잔뜩 먹었던 거지? 그렇지?"

"…네?"

김두찬은 채소다가 와튼버그 가문과 허스트 가문 사이에 있었던 일에 대해서 얘기할 줄 알았다.

그러나 그는 채소다를 너무 얕봤다.

며칠 못 봤다고 감이 떨어진 모양이었다.

"어땠어? 한국에서 먹는 고기랑 완전 달라? 역시 고기의 본토는 그레이트야?"

어째서 미국이 고기의 본토라는 건지 모를 일이다.

아무튼 간에 채소다는 김두찬이 미국에서 뭘 어찌했든 전혀 관심 없었다.

오로지 고기에만 모든 정신이 쏠려 있었다.

빨리 대답을 해주지 않으면 김두찬이라도 잡아먹을 것처럼 채소다가 군침을 흘리며 헥헥댔다.

그런 그녀의 뒷덜미를 주화란이 잡고서 끌어당겼다.

"켁! 언니, 숨 막혀."

"너는 어째 백날 천날 고기 생각밖에 없니?"

"소다 누나답네요. 하하."

"오늘은 여기서 작업하시려고요?"

주화란의 물음에 김두찬이 고개를 저었다.

"아뇨. 두 분께 부탁드릴 게 있어서 왔어요."

"무슨 부탁?"

김두찬은 창작유회를 법인 회사로 설립할 것이며, 그에 따라 임원과 주주가 되어달라 그들에게 부탁했다.

한마디로 김두찬은 두 사람을 창작유회의 창단 멤버로 정한 것이었다.

김두찬의 부탁을 채소다와 주화란은 망설이지 않고 받아들였다.

본인들이 몸담고 있는 회사를 키우겠다는데 거절할 이유가 없었다.

게다가 김두찬은 회사의 지분까지 보장해 주었다.

이보다 더 좋을 수는 없는 일이었다.

김두찬은 두 사람에게 준비해야 할 서류 등을 알려준 뒤, 바쁘게 사무실을 나섰다.

정미연에게서 보고 싶다고 연락이 온 것이다.

＊   ＊   ＊

"하아. 하아."

"후우우."

"진짜 최고였어."

정미연이 김두찬을 끌어안고 아직 남아 있는 격정의 여운을 담아 진하게 키스했다.

두 사람은 몸에 실오라기 하나 걸치지 않은 채 침대 위에 뒤엉켜 누워 있었다.

며칠 만에 만나는 게 이번이 처음은 아니었다.

그럼에도 둘은 얼굴을 보자마자 서로의 몸에 전류가 자르르 흐르는 것을 느꼈다.

그에 당장 호텔로 향했고 뜨거운 사랑을 나눴다.

"다른 나라 땅을 밟고 와서 그런가? 자기랑 딱 마주 섰는데 다른 날이랑은 느낌이 달랐어."

"나도 그랬어."

김두찬이 정미연을 품에 꼭 안고 정수리에 입을 맞췄다.

그러고는 머리를 천천히 쓰다듬는데 문득 퉁퉁 부어버린 그녀의 발이 시야에 들어왔다.

"미연아. 발이 많이 부었네."

"며칠 동안 잘 때 몇 시간 말고는 계속 서 있었더니 그런가 봐."

"그러다 병나."

걱정스러워진 김두찬은 안마라도 해줘야겠다 싶어 상반신을 일으켰다.

그리고 정미연의 발을 만지려 하는데 그녀가 얼른 이불로 발을 덮었다.

"왜 그래?"

"발은 안 돼."

"안 되다니… 뭐가?"

"그냥… 그런 게 있어. 좀 부끄러운 게."

그러고 보니 정미연은 유난히 발에 예민했다.

김두찬이 그녀의 발을 툭하면 만지려고 하는 게 아닌지라 이런 상황이 자주 벌어지지는 않았다.

그러나 의식적으로 발을 신경 쓰는 듯한 느낌이 있었다.

김두찬은 그 이유가 궁금했지만 그녀가 싫어하는 걸 억지로 강요할 순 없는 노릇이니 그냥 알겠다며 넘어갔다.

괜히 미안해진 정미연이 김두찬에게 찰싹 달라붙었다.

"다음에. 우리가 정말 결혼할 사이라는 확신이 들면 보여줄게."

"그럼 지금 보여줘도 돼."

"나랑 결혼할 거야?"

"당연하지."

"그런 사람이 왜 아직까지도 프러포즈가 없어?"

"…응?"

"부모님 상견례하자는 얘기는 왜 여태 없고?"

"…으응?"

"나랑 결혼할 마음이 정말 있는 거야?"

듣고 보니 그랬다.

김두찬은 정미연을 평생의 배필로 생각하면서도 프러포즈는커녕 상견례를 제대로 제안하지도 않았다.

물론 김두찬의 부모님과 정미연의 부모님은 서로 안면이 있다.

가족들의 기념일이나 특별한 날, 혹은 명절 때마다 정태산이 직접 선물을 들고 김두찬의 집을 방문했기 때문이다.

하나 그것이 상견례 자리는 될 수 없었다.

그건 정태산이 정미연의 아버지가 아닌 김두찬의 소속사 사장으로서 찾아온 것이었으니 말이다.

어찌 되었든 곰곰이 생각해 보니 정미연의 입장에서는 서운할 수도 있을 상황이었다.

김두찬이 정미연의 눈을 바라보며 말했다.

"하자, 미연아."

"응? 한 번 더? 자기는 진짜 지치지도 않는다니까."

정미연이 김두찬의 하반신으로 손을 뻗었다.

"아, 아니아니! 상견례."

"아, 상견례?"

"응. 최대한 빨리."

"알았어. 고마워, 두찬 씨. 그런데."

"그런데?"

"일단 이것부터 한 번 더 하고."

정미연의 손이 거침없이 움직였고 거부할 수 없는 유혹에 김두찬의 눈이 스르르 풀렸다.

*   *   *

깜빡 잠이 든 모양이다.

김두찬은 꿈을 꾸고 있었고, 이를 확실히 인지했다.

한데 드림 룰러의 능력으로 발현되는 그런 꿈속 세상이 아니었다.

주변은 적막한 어둠만 가득했다.

이 광경을 김두찬은 기억한다.

벌써 몇 번이나 겪어봤으니까.

"로나?"

김두찬의 부름에 아름다운 여인이 모습을 드러냈다.

허리까지 내려오는 보랏빛의 머리카락에 그린 듯 아름다운 얼굴, 육감적인 몸매를 잘 드러내는 청은색 드레스가 매력적인 그녀는 다름 아닌 로나였다.

"제 모습 기억하시나요?"

"어떻게 잊겠어."

남자라면 그녀의 모습을 한 번만 봐도 평생 잊지 못할 것이다.

그만큼 로나는 아름다웠다.

"한데 형상화된 모습으로 있으면 이 공간에서 오래 있지 못한다며?"

"맞아요. 어차피 두찬 님은 미연 양과 뜨거운 관계를 나눈 뒤 짧은 잠에 빠져든 것뿐이라 곧 깨어날 거랍니다."

"그렇구나. 근데 오늘은 무슨 일이야? 나한테 꼭 해야 할 말이라도 있어?"

"그냥 감성적이 되는 것 같아요."

"로나… 네가?"

로나는 감성적이라기보다 이성적인 사람, 아니, 외계인이었다.

간혹 가다 그녀의 감성이 흘러나온 적도 있지만 그건 정말 가뭄에 콩 나듯 했다.

"인생 역전이 끝나가고, 두찬 님과의 여정이 얼마 남지 않았다고 생각하니 절로 그리되네요."

"…마찬가지야."

"두찬 님, 묻고 싶은 게 있어요."

"무엇이든 물어봐."

"지금 두찬 님의 연인인 미연 양을 정말로 평생 함께 걸어갈 사람이라 생각하시나요?"

"응."

"그만큼 많이 좋아하시나요?"

"아니, 사랑해."

"그렇군요."

로나가 말을 하며 쓸쓸하게 미소 지었다.

그 미소가 김두찬의 가슴을 아릿하게 만들었다.

'…어?'

김두찬은 자신이 왜 이러나 싶었다.

방금 그가 느낀 감정은 연인이 슬퍼할 때 어떻게 해야 할지 몰라 안타까워하는… 그런 종류의 것이었다.

'뭐야?'

김두찬은 정미연을 사랑한다.

그리고 그녀와 평생을 함께하고자 마음먹었다.

그런데 로나에게서 방금, 정미연에게만 느꼈던 감정과 비슷한 것을 약간이나마 느껴 버리고 말았다.

김두찬이 혼란스러워하자 로나는 미소를 거두고 뒤돌아섰다.

"제가 괜한 얘기를 했네요."

김두찬의 시선이 로나의 여리여리한 등에 고정되었다.

청은색 드레스는 등허리까지 깊이 파여 있어서 하얀 속살이 고스란히 드러났다.

한데 오른쪽 어깨 쪽에 초승달 모양의 푸른색 반점 같은 게 보였다.

로나는 뒤에도 눈이 달렸는지 고개를 돌리지도 않고 말했다.

"태어날 때부터 있던 점이랍니다. 모양이 참 신기하죠?"

"아니, 예뻐."

"그렇게 말해주셔서 감사해요, 두찬 님. 이제 꿈에서 깰 시간이랍니다."

로나의 마지막 한마디가 메아리처럼 울려 퍼졌다.

그리고 김두찬은 현실로 돌아왔다.

그의 눈앞엔 호텔의 천장만이 먹먹하게 자리하고 있었다.

*　　　　*　　　　*

설마 이렇게 빠를 줄은 몰랐다.

상견례 얘기가 나온 그날 밤.

정미연은 양가 부모님에게 전화를 돌려 당장 자리를 마련했다.

상견례 장소는 김두찬 부모님의 식당이 되었다.

김두찬은 다른 좋은 곳으로 가자고 했지만, 정미연과 정태

산, 그리고 정미연의 어머니이자 뷰티연의 대표 서인경이 이보다 좋은 곳은 없다며 식당으로 밀어닥친 것이다.

처음부터 서로에게 호감이 있는 양가의 부모님이었기에 상견례 자리는 분위기 좋게 흘러갔다.

한 잔 두 잔 오가는 술잔 속에 정이 가득 담겼다.

화기애애한 분위기는 자리가 파할 때까지 이어졌고, 양가 부모님은 헤어지기 전 아예 결혼식 날짜까지 박아버렸다.

내년 봄, 3월 24일!

그때가 두 사람이 부부의 연으로 맺어지는 날이 되었다.

Liking 108
친절한 친구들

토요일 새벽부터 김두찬의 집 2층 화장실에서는 물 흐르는 소리가 들려왔다.

일찍 눈을 뜬 김두찬이 샤워를 하고 있었다.

"후우."

샤워를 마친 김두찬은 옷을 갈아입고 방으로 들어왔다.

다른 날 같았으면 벌써 부모님이 일어나 출근 준비를 하고 있어야 했다.

하지만 오늘은 1층이 쥐 죽은 듯 고요했다.

오늘 식당을 저녁 오픈으로 돌렸기 때문이다.

김승진이 어젯밤 상견례 자리에서 지나친 과음을 하는 바람에 오늘은 도저히 일어나지 못할 것이 심현미의 눈에 빤히 보였다.

해서, 심현미는 점심 장사는 접고 저녁 장사만 하기로 했다.

김두찬은 쉬는 김에 하루를 푹 쉬라고 했지만 심현미는 말을 듣지 않았다.

이미 김두찬이 벌어들이는 돈만으로도 남은 여생을 충분히 즐기면서 살 수 있었으나 심현미는 힘닿는 데까지는 일을 하고 싶었다.

엄마의 고집이 얼마나 센지 익히 알고 있는 김두찬은 더 이상 왈가왈부하지 않았다.

점심 장사라도 쉰다는 게 그나마 다행이었다.

타탁! 타탁!

김두찬이 컴퓨터 앞에 앉아 키보드를 두들겼다.

모니터엔 '괜찮아'의 원고가 켜져 있었다.

이제 슬슬 괜찮아 프로젝트도 막을 내릴 때였다.

이미 책으로 두 권 분량의 글이 나왔으니 끝내기 적절한 시점이었다.

'괜찮아'는 역대 김두찬이 연재했던 모든 글들의 성적을 전부 갈아 치웠다.

즐겨찾기 수는 30만을 넘었고 평균 조회 수는 100만에 달했다.

각 화마다 추천 수는 70만, 댓글 수는 50만을 넘었다.

김두찬의 모든 능력이 아우러진 필력과 거기에 어울리는 감성적인 그림, 아울러 운이라는 것이 작용해 이런 기염을 토하게 된 것이다.

오전 10시.

간만에 깊이 잠든 부모님이 깨어나기 시작할 무렵, 김두찬은 '괜찮아'의 마지막 원고를 완성했다.

글은 물론이고 그림까지 들어간 완성된 원고였다.

그것을 전부 예약 업로드해 놓은 뒤 이번에는 웹툰 원고 작업에 돌입했다.

점심나절이 됐을 때쯤 김두리가 눈을 떴다.

1층에서는 식욕을 자극하는 맛있는 냄새가 계단을 타고 올라왔다.

"두리야~ 두찬아~ 밥 먹자."

심현미의 부름에 잠시 작업을 멈춘 김두찬이 거실로 향했다.

간만에 가족이 전부 모인 점심 식탁엔 먹음직한 음식들이 가득이었다.

"다 내려왔으니 먹자."

"잘 먹을게요."

김두찬이 말을 하고 수저를 들었다.

그런데 김두리가 가족들을 흘겨보며 뾰로통한 얼굴로 툴툴 댔다.

"아니, 어떻게 나만 쏙 빼놓고 상견례를 해?"

"그럼 네가 연락을 잘 받든가."

심현미가 대번에 핀잔을 냈다.

"연락을 받을 수 있는 상황이 아니었다니까? 배터리가 나갔다니까?"

"신호는 계속 가던데 뭐."

"친구들이랑 한참 놀고 있는데 들어오라고 할까 봐 일부러 안 받은 거 아니냐?"

김두찬과 김승진이 차례대로 한마디씩 했다.

"스마트폰을 내가 끄지 않고 배터리가 나가서 돌아가시면 그렇게 된다니까?"

"믿을 수가 있어야지."

김승진이 고개를 절레절레 저었다.

"아빠!"

"두리야. 네가 판 무덤이야. 너 일전에 가족 모임 할 거니까 일찍 들어오란 전화 받은 이후로 외출하면 연락 잘 안 되잖아. 전화 온 줄 몰랐다거나, 배터리가 나갔다거나 늘 변명은 똑같은데 그걸 어떻게 믿겠냐."

김두찬이 조곤조곤 따져 말했다.

그의 입에서 튀어나오는 말들은 논리적으로 반박할 거리가 없었다.

하지만 논리에 진다면 김두리가 아니었다.

"아아 몰라! 진짜 소외감 느껴! 나 이 집 딸 맞아? 맞냐고! 내가 연락 안 받으면 상견례 날을 미뤘어야지!"

꼬장 부리는 김두리의 정수리에 심현미의 수저가 꽂혔다.

딱!

"악! 아파!"

"아프라고 때렸는데 아파야지."

"엄마 진짜 내 엄마 맞아? 히잉."

"엄마가 어렸을 때 그렇게 주제도 모르고 꼴값 떨었었거든. 너네 외할머니한테 정수리 구멍 나도록 호되게 언어맞으면서 컸어. 그 수순을 그대로 밟아가는 걸 보니 내 딸 맞는 것 같다?"

"지금 그게 중요한 게 아니잖아!"

"한 대 더 맞을래? 아님 얌전히 밥 먹을래?"

"호호, 엄마. 된장찌개가 넘 맛있는 거 같아."

"그거 김치찌개다, 이것아."

결국 김두리의 무논리는 심현미의 폭력에 제압당했다.

이후로는 화목한 대화가 오가는 평화로운 분위기가 유지되었고, 모두 만족스러운 점심 식사를 마쳤다.

*　　　*　　　*

점심을 먹자마자 부모님은 식당으로 출근했다.

김두리는 친구들을 만나러 나갔고, 김두찬 홀로 집에 남아 있었다.

그는 잠시 멈췄던 웹툰 작업을 계속 이어나갔다.

시간은 빠르게 흘러 밤이 내렸다.

하지만 김두찬은 그런 줄도 모르고 작업에만 열중했다.

외출했던 가족들이 귀가하고 모두 잠자리에 들 때에도 그의 손은 멈추지 않았다.

시간은 계속해서 흘렀다.

벽시계의 시침이 자정을 넘어서서 새벽을 향해 움직였다.

"후우."

김두찬이 손을 멈추고 숨을 짧게 내뱉었다.

그러고는 시간을 살폈다.

새벽 4시가 되기 5분 전이었다.

'됐어!'

김두찬이 주먹을 불끈 쥐었다.

그는 오늘 다른 날보다 더더욱 열의를 불태우며 웹툰 작업에 집중했다.

거기에는 이유가 있었다.

바로 '괜찮아'를 집필하자마자 나타난 보너스 미션 때문이었다.

김두찬이 눈앞에 떠오른 시스템 메시지를 확인했다.

[보너스 미션]

17일 새벽 4시 전까지 웹툰 네 편을 완성하라! 단, 웹툰의 완성도가 평소 원고의 80% 이하로 떨어지면 실패: 완성한 웹툰─4/4. 평균 완성도 93%─클리어!

바로 이것이 보너스 미션이었다.

김두찬은 겨우겨우 웹툰 네 편을 정해진 시간 안에 완성시켰다.

그리고 완성도 역시 80% 이상이었다.

[보너스 미션을 클리어했으므로 보상이 주어집니다. 두찬 님의 능력 중 하나가 무작위로 한 단계 업그레이드됩니다.]

[보상이 주어졌습니다.]

[몸매의 랭크가 SS로 업그레이드됐습니다. 랭크 업 특전이 주어집니다. 비욘드 스킨(Beyond Skin)을 얻었습니다.]

보너스 미션의 성공으로 김두찬의 몸매 랭크가 업그레이드 됐다.

김두찬이 비욘드 스킨을 자세히 살폈다.

[비욘드 스킨(Beyond Skin)—육신이 위협을 느끼는 순간 단단해집니다. 이는 본인의 의지와 상관없이 본능적인 감각을 통해 발현되는 힘으로 어떠한 외부의 힘으로도 육신에 상처를 내는 것이 불가능해집니다.]

'초인이군.'

설명대로라면 대포에 맞아도 상처 하나 없이 멀쩡할 수 있다는 것이었다.

무적이 되어버린 것이다.

이 정도면 초인이 아니라 신이라고 해도 무방할 정도였다.

아무튼 느닷없이 나타난 보너스 미션 덕에 김두찬은 공짜로 능력 하나를 업그레이드했다.

웹툰 4편을 완성하느라 진이 다 빠져 버렸지만, 그것을 전부 보상받는 기분이었다.

'어디 보자… 간접 포인트가 10,500. 어차피 인생 역전은 12월 말이 되기 전에 엔딩을 보게 되니까, 다음 달 8일까지 기다릴 필

요는 없지.'

[포인트 상점에 접속하시겠습니까?]
YES/NO

'예스.'
김두찬은 바로 포인트 상점에 접속했다.
그러자 선택지가 나타났다.

[포인트 상점에 온 것을 환영합니다. 원하시는 번호를 선택하세요.]
    1. 100 직접 포인트를 1,000 간접 포인트로 산다.
    2. 1핵을 10,000 간접 포인트로 산다.
    3. 행운의 룰렛을 5,000 간접 포인트로 1회 돌린다.

'무조건 3번.'
김두찬의 선택에 커다란 룰렛이 나타났다.
김두찬은 쪽박과 중박에는 관심이 없었다.
룰렛의 30칸 중 유일하게 3칸만 존재하는 대박.
저기에 바늘이 멈춰야 했다.
─건투를 빌게요.

로나의 파이팅과 함께 바늘이 빠르게 돌아갔다.

김두찬은 두 눈을 부릅뜨고 바늘을 지켜봤다.

그러자 바늘의 힘이 빠져 서서히 멈추려 할 무렵 대길의 힘을 사용했다.

'대길의 사용 가능 시간은 15초.'

15초 안에서 얼마든지 나눠서 사용하는 게 가능했다.

김두찬은 지금 룰렛을 두 번 돌릴 수 있으니 7초 정도씩 끊어 사용하면 되는 일이었다.

일전에는 룰렛의 바늘이 대박에 멈추는 순간 대길의 능력을 멈췄다.

하지만 지금은 아니었다.

대박의 보상이 나올 때까지 대길의 힘을 계속 사용했다.

대박 안에서도 받을 수 있는 보상은 여러 가지였고, 김두찬은 그중에서 가장 좋은 것을 얻길 원했다.

바늘이 멈춘 대박 칸이 빙글 뒤집어지며 보상이 나타났다.

[증강핵+1, 직접 포인트 1,000]

"좋아."

증강핵과 직접 포인트 두 가지를 모두 얻었다.

김두찬은 기세를 몰아 바로 바늘을 한 번 더 돌렸다.

이번에도 전과 똑같은 방법으로 대길의 힘을 사용했고, 바늘은 대박 칸에 멈춰 섰다.

그리고 보상이 주어졌다.

[직접 포인트 2,000]

'음.'

이번에는 증강핵 없이 직접 포인트만 2,000을 얻었다.

조금 아쉬웠지만 중박, 쪽박이 아닌 것에 만족하기로 했다.

김두찬이 상태창을 띄웠다.

그의 시선이 상태창의 하단부를 훑었다.

이름: 김두찬

성별: 남

키: 183㎝

…

직접 포인트: 4,863

간접 포인트: 500

핵: 2

증강핵: 1

직접 포인트로 A랭크 능력 하나를 올릴 수 있었다.

'증강핵은 나중에 천천히 생각해서 능력을 올리기로 하고 일단은 직접 포인트부터 사용하자.'

김두찬은 어떤 능력을 올리는 게 좋을지 고민했다.

한데 그때였다.

찌릿! 찌릿!

'…뭐지?'

이상한 한기가 전신을 옭아맸다.

김두찬이 놀라서 창문 쪽으로 시선을 돌렸다.

그가 숨을 죽이고 천천히 창문 너머를 살폈다.

아무도 없었다.

'아니야. 누군가 있어.'

조금 전 그가 느낀 것은 박투의 능력으로 얻게 된 감각이 포착한 '살기'였다.

살심을 품은 누군가가 저택의 근처에 있었다.

하지만 이를 눈치챘다는 걸 드러낼 순 없었다.

해서 대놓고 창문을 열어 밖을 훑어보거나 하기는 힘들었다.

보통의 사람이라면 이 상황에서 발만 동동 굴렀을 테지만 김두찬에게는 남들에게 없는 힘이 있었다.

그가 초월 청각의 능력을 사용했다.

청력이 크게 확장되며 저택 밖의 모든 소리들을 잡아냈다.

바람 소리. 바람에 풀이 스러지는 소리. 모래가 굴러가고 흙이 쓸려가는 소리.

나뭇가지가 떨리는 소리.

그런데 그 모든 소리 안에 꼭 담겨 있어야 할 소리가 존재하지 않았다.

길고양이의 발소리와 풀벌레들의 울음소리가 없었다.

마치 주변에 살아 있는 생명체가 하나도 없는 것 같았다.

'이건… 살기에 짓눌려 기척을 감추고 있는 건가?'

그렇게밖에 생각할 수 없었다.

바로 그 순간!

스스스스.

"……!"

김두찬의 귀에 어둠 속에서 날렵하게 움직이는 인기척들이 잡혔다.

'하나가 아니야.'

둘… 셋.

셋이었다.

세 명의 사람이 은밀하게 움직이며 다가오고 있었다.

점점 진해지는 살기의 크기와 소리로 이를 알 수 있었다.

김두찬이 더더욱 불청객들의 기척에 귀를 기울였다.

그들의 발걸음이 멈춘 곳은.

'1층 객실 창문.'

그곳이었다.

김두찬이 발소리를 없애며 1층으로 내려갔다.

객실의 문은 다행스럽게도 열려 있었다.

그런데 창문은 잠겨 있지 않았다.

따로 방범 창도 달아놓은 상태가 아니었다.

아파트나 빌라, 원룸이었다면 모르겠으나 이 집은 애초에 담을 넘는 것 자체가 힘들게 설계된 단독주택이었다.

단독주택의 경우 방범 창이 없는 경우가 많았다.

원할 경우 입주자가 알아서 설치를 해야 했는데, 김두찬의 가족은 그렇게 하지 않았다.

'세 사람이 집 주변에서 맴돌던 건… 쉽게 들어갈 수 있는 루트를 찾기 위해서였나.'

김두찬이 객실 문 너머에서 고개만 빼꼼 내밀어 안을 살폈다.

객실의 유리창이 소리 없이 천천히 열리고 있었다.

열린 창 너머로 짙은 살기가 더욱 강렬하게 흘러 들어왔다.

*　　　　*　　　　*

김두찬이 숨까지 멈추고서 기척을 죽였다.

세 개의 인영이 날렵하게 창을 넘었다.

몸집은 거대한데 움직임은 깃털 같았다.

창 밖에서 방 안으로 단숨에 넘어 들어오는데 작은 소리조차 나지 않았다.

'내가 저들을 제압할 수 있을까?'

김두찬이 전투에 도움이 되는 능력들을 떠올렸다.

초월 시각, 초월 청각, 비욘드 스킨, 고양이 몸놀림, 곰의 근력, 박투, 악력 정도가 그것이었다.

이 힘들을 전부 조합해서 생각해 보면 질 거라는 생각이 들지 않았다.

무엇보다 비욘드 스킨은 김두찬의 육신을 무엇에도 피해를 받지 않을 만큼 단단하게 만들어준다.

그 변화는 살기를 포착하면서부터 느꼈다.

그의 육신이 본인의 의지와는 상관없이 기묘한 반응을 일으키고 있었다.

눈에 띄게 어느 부분이 변형된다거나 피부가 강철처럼 단단해진다거나 하는 건 아니었다.

김두찬이 느낀 반응이라는 건 육신의 자가 고찰이었다.

한마디로 스스로 생각을 하고 있다는 말이었다.

마치 김두찬에게 언제든 위험이 생기면 피부를 딱딱하게

만들 준비가 되어 있다고 말하는 것 같았다.

'적어도 죽을 염려는 없어. 하지만.'

불청객들은 이런 일의 베테랑이다.

짙은 살기로 짐작하건대 이미 사람들을 상당히 죽여본 이들이 분명했다.

그렇다는 건 숙련된 암살자들이란 얘기다.

그것도 셋이나!

싸움의 경험이 적은 김두찬이 괜히 육신의 능력만 믿고 있다가 제압당할 경우의 수를 생각하지 않을 수 없었다.

'한데 암살자를 보냈다? 나를 죽이려고?'

대체 누가 이런 짓을 벌인 건지 의문을 갖는 순간 김두찬의 머릿속에 떠오르는 이름 하나가 있었다.

하지만 거기에 대해 깊이 생각할 여유가 없었다.

'유비무환. 무엇이든 완벽하게 대비하는 게 좋다.'

김두찬은 직접 포인트 3,200을 박투에 투자했다.

[박투의 랭크가 S로 업그레이드됐습니다. 랭크 업 특전이 주어집니다. 지피지기(知彼知己)를 얻었습니다.]

[지피지기(知彼知己): 내 육신의 상태를 정확히 인지하고 상대방의 공격 루트를 미리 꿰뚫는 것이 가능하다. 육신의 상태가 높을수록 상대방의 공격을 차단하고 반격에 성공할 확률이 월등히

높아진다.]

'좋아.'

김두찬에게 현재 가장 필요한 능력이 주어졌다.

김두찬의 육신은 이미 인간의 한계를 초월한 상태다.

때문에 지피지기의 힘이 더해지면 그를 당할 자는 지구에 없을 것이다.

암살자들은 민첩하게 열린 문으로 다가왔다.

이미 김두찬은 문 뒤편으로 몸을 숨긴 상태였다.

암살자 셋 중 선두에 선 이가 문을 천천히 안으로 당겨 몸이 나갈 만한 공간을 확보하는 순간!

퍼퍽!

눈앞에서 불이 번쩍 하는가 싶더니 의식이 끊겼다.

턱과 목을 순식간에 얻어맞고 기절한 것이다.

한데 워낙 순식간에 벌어진 일인지라 선두에 선 이는 자신이 누구에게 어떻게 당하는 건지도 알지 못했다.

서서 기절한 그가 다리에 힘이 풀려 쓰러지려는 순간, 뒤에 있던 동료가 총을 꺼내 들었다.

하지만 방아쇠를 당길 틈은 없었다.

기절한 사내가 채 쓰러지기도 전에.

뻑!

"읍!"

명치에 일격을 얻어맞고 뒤로 붕 날아갔다.

그 바람에 총을 꺼내 쏘려고 하던 다른 동료와 충돌했다.

픽!

명치를 맞은 놈은 기절했으나 직접적인 타격을 받지 않은 마지막 한 놈은 자세를 바로 하고 방아쇠를 당겼다.

순간 김두찬의 피부가 위험을 감지하고 변화를 일으켰다.

동시에 그놈이 방아쇠를 당기기 직전 김두찬의 지피지기 능력이 몸을 빠르게 좌측으로 빼라고 알려주었다.

김두찬은 그리하려다 말고 소음기가 달려 있는 총구 쪽으로 손바닥을 뻗었다.

슉!

방아쇠가 당겨지며 소음기에서 발포된 총알이 김두찬의 손바닥과 충돌했다.

총을 쏜 암살자는 손바닥과 가슴에 바람구멍이 나 쓰러지는 김두찬의 모습을 상상했다.

하지만.

콱!

김두찬은 날아온 총알을 강하게 움켜쥐었다.

퉁!

손바닥 안에서 둔탁한 충격이 팔을 타고 전해졌다.

아울러 묵직한 소리가 손가락 새로 흘러나왔다.

다행히 충돌과 동시에 주먹을 쥐는 바람에 큰 소리가 나지는 않았다.

이 상황을 가족들에게 보이고 싶지 않았다.

그렇게 되면 가족들은 불안에 떨게 분명했기 때문이다.

"뭐, 뭐야, 지금?!"

저도 모르게 입을 연 암살범의 입에서 러시아어가 튀어나왔다.

전 세계의 거의 모든 언어를 익힌 김두찬은 이를 바로 알아들었다.

뻑!

암살범이 당황하는 사이 김두찬의 주먹이 놈의 복부를 가격했다.

"커… 업!"

비명을 토해내려는 놈의 입을 손으로 틀어막고 벽에 밀어붙였다.

턱!

"으으읍!"

김두찬이 암살범의 눈을 노려보며 러시아어로 물었다.

"어디서 보냈냐."

암살범은 대답 대신 어떻게든 저항해 보려 했다.

하지만 불가능했다.

김두찬에게 빈틈이란 존재치 않았다.

암살범이 팔을 움직이려는 순간 김두찬이 놈의 목을 한 손으로 잡고 쭉 들어 올렸다.

"끄흡!"

키가 백팔십은 족히 되는 거구의 암살범이 김두찬의 한 팔에 들려 벽을 타고 위로 올라갔다.

두 발이 땅에서 떨어져 버둥거렸다.

목의 압박은 심해지고 숨이 턱턱 막혀왔다.

암살범은 이대로 죽겠구나 생각했다.

그의 의식이 흐려지려는 순간, 김두찬이 암살범의 목을 놓고 멱을 잡아채 바닥에 눕혔다.

그러고는.

뿌득! 뚝! 두둑! 둑!

사지를 부러뜨린 뒤 다시 입을 막았다.

"끄으읍!"

암살범은 이제 제 의지대로 움직일 수 없는 상황.

입을 놀리는 것 말고는 할 수 있는 것이 아무것도 없었다.

김두찬이 그의 귀에 대고 속삭였다.

"내가 묻는 말에 제대로 대답 안 하면 제일 먼저 기절한 놈의 머리가 날아갈 거야."

협박을 하며 암살범이 놓친 총을 빼앗았다.

그리고 처음에 기절했던 암살범의 머리에 겨누었다.

"그다음엔 또 다른 놈이, 마지막엔 네 머리가 박살 날 거야. 아니… 너는 살려두지. 하지만 팔다리는 평생 사용할 수 없는 상태가 될 거다."

불구가 된다.

그런 상태로 평생을 살아야 한다.

암살범은 죽으면 죽었지 그런 삶은 절대로 영위하기 싫었다.

그가 어금니를 파고 그 안에 숨겨둔 특수 재질의 알약을 혀로 꺼내 씹으려 했다.

약 안에는 극독이 담겨 있었다.

그것이 터져 식도를 타고 넘어가는 순간 그의 심장은 수 초 안에 멈춰 버린다.

하지만 그마저도 김두찬은 허락지 않았다.

"읍!"

암살범의 턱을 잡고 입을 벌려 혀 위에 굴러다니는 알약을 잡아 꺼내 주머니에 넣었다.

"말할 생각이 없다? 그럼 말하지 마."

김두찬이 씩 웃으며 암살범의 얼굴에 자신의 얼굴을 바짝 들이댔다.

어차피 상대방이 순순히 협조할 것이라고는 기대도 안 했다.

모든 것은 극적인 상황 연출을 위해 김두찬이 판을 깔아놓은 것에 불과했다.

김두찬은 암살범의 목을 옥쥔 채 상상 공유를 사용했다.

상상 공유가 시작되면 5분 동안 김두찬은 목석처럼 굳어버린다.

하지만 상관없었다.

기절한 두 녀석은 깨우기 전까지 한 시간은 족히 잠들어 있을 테고, 눈앞의 암살범은 사지가 부러졌다.

아무것도 할 수 없는 상황 속에서 암살범은 입까지 틀어막힌 채 가쁜 숨만 몰아쉬었다.

5분 동안 상상 공유로 암살범의 머릿속을 들여다본 김두찬이 비로소 입을 열었다.

"유리 드미트리예비치 보로닌(Юрий Дмитриевич Воронин). 네 이름 맞지?"

"……!"

유리는 놀랐다.

그의 이름은 같은 암살단에 속해 있는 자들도 대부분 몰랐다.

그들은 오로지 코드네임으로 불릴 뿐이었다.

본인의 정체를 철저히 숨겨야 하는 것이 암살자의 기본 요건이었기 때문이다.

한데 김두찬이 그런 유리의 이름을 정확히 맞히니 놀라 자빠질 지경이었다.

"러시아… 판시가르(Phansigar)라는 암살단 소속이군."

판시가르는 '올가미를 사용하는 자'라는 뜻이다.

그 단어를 암살단의 이름으로 차용한 이 집단은 러시아 최고의 암살 조직이었다.

"판시가르도 말 다했군. 서열 8위나 되는 놈이 고작 이 정도라니."

김두찬이 가리고 있던 유리의 입에서 손을 뗐다.

"어, 어떻게……."

유리가 파랗게 질려서 말을 더듬거렸다.

"네 생각을 읽었다."

"말도 안 되는 소리."

"거짓말 같아? 그럼 이건 어떻게 설명할 거지, 토끼?"

"……!"

토끼.

유리의 유아 시절, 친모가 그에게 붙여준 애칭이었다.

유난히 뾰족했던 귀가 귀여워서 이름 대신 토끼라고 불렀었다.

아버지 없이 홀어머니 밑에서 자라온 유리였고, 그 어머니마저 유리가 다섯 살이 되던 해에 죽었다.

유리의 친모는 타인과의 교류가 거의 없었으며 유리에 관한 얘기는 일절 하고 다니지 않았다.

때문에 이런 사실을 아는 건 유리 본인밖에 없었다.

그 역시도 과거사를 한 번도 입 밖에 내지 않았다.

그래서 김두찬이 토끼라고 자신을 불렀을 때 심장이 쿵 하고 떨어졌다.

"난 너희가 생각하는 보통 인간과 많이 달라. 네 생각을 읽을 수 있고, 총에 맞아도 상처 하나 남지 않지. 더 말해볼까? 판시가르에 날 죽이라고 의뢰한 건 해럴드 와튼버그야."

"……."

김두찬의 말대로였다.

그들은 해럴드에게 거액의 돈을 받고 한국으로 넘어왔다.

유리는 완전히 발가벗겨진 기분이 들었다.

이건 정말 자신의 머릿속을 들여다봤다고밖에 생각할 수가 없었다.

그러는 한편 김두찬은 한 가지 의문을 가지게 됐다.

'해럴드가 왜 내 암살을 의뢰한 거지?'

김두찬과 직접적인 원한을 가진 건 노아였다.

노아는 김두찬을 가만두지 않을 것이라 선전포고했었다.

하지만 그건 사소한 다툼 같은 것으로 인해 벌어진 앙심 때문이었다.

고작 그 앙심을 갚겠다고 감옥에 있는 지금, 제 아비에게 내 암살을 해달라 부탁하지는 않았을 것이다.

'뭔가 알아챘나?'

궁금했으나 유리의 머릿속에 그와 관련된 기억은 없었다.

그는 그저 명령을 받았고 군말 없이 이행할 뿐이었다.

유리는 지금 유령이라도 본 것처럼 완전히 공포에 잠식당한 상태였다.

김두찬은 그를 더욱더 흔들어 버리기로 했다.

"와튼버그가 내 목값으로 100만 달러를 건넸군."

유리는 이제 놀랄 기운도 없었다.

'사람이 아니야. 상식선을 초월한 인간이다.'

유리의 턱이 파르르 떨려왔다.

가슴 깊은 곳에서부터 피어난 공포가 빠르게 그의 정신을 잠식해 나가고 있었다.

그런 유리의 상태를 관조하며 김두찬은 속으로 생각했다.

'썩어도 준치라 이건가?'

100만 달러면 한국 돈으로 11억 2천가량 되는 액수였다.

와튼버그 가문은 이제 다 망해가는 판국인데도 그 정도 돈은 쉽게 굴릴 수 있는 모양이었다.

"유리, 판시가르는 철저하게 이득에 따라 움직이는 조직이지?"

유리는 조심조심 고개를 끄덕였다.

"해럴드가 제시한 돈의 열 배를 주지."

"……?!"

100만 달러의 열 배라고 하면 1,000만 달러.

한국 돈으로는 112억의 거금이었다.

대체 그 큰돈을 동양의 글쟁이가 어떻게 주겠다는 건지 유리는 이해할 수 없었다.

그는 모르고 있었다.

김두찬의 통장으로 매달마다 천문학적인 금액의 돈이 들어오고 있다는 것을.

그가 첫 유료 연재작인 영웅의 노래로 지금껏 벌어들인 돈만 총 200억이 넘는다.

중요한 건 영웅의 노래가 김두찬의 작품 중 가장 흥행이 덜된 작품이라는 것이다.

1,000만 달러?

자신과 가족을 지키기 위해 그 정도쯤이야 얼마든지 투자 가능했다.

"뭘… 원하지?"

유리의 물음에 김두찬이 대답했다.

"와튼버그 가문의 멸망."

"……."

김두찬은 와튼버그 가문을 아예 지상에서 없애 버릴 요량이었다.

"돈은 바로 이체해 주지."

"와튼버그가의 사람들을 전부 죽여달라는 건가?"

"나에 대해 알고 있는 이들만. 해럴드와 노아 정도일까? 아니, 더 있을 수도 있겠지. 그건 너희 쪽에서 파악하고 해결해. 1,000만 달러라는 거금을 그냥 주는 건 아니니까."

"……."

"왜 대답이 없지? 내 말이 거짓 같아?"

유리가 고개를 저었다.

그는 김두찬이 1,000만 달러 때문에 허세를 부릴 사람은 아니라고 판단했다.

다만 스스로의 꼬라지가 너무 참담해 대답을 못 할 뿐이었다.

그는 악명 높은 러시아 최고의 암살단 판시가르의 서열 8위 암살자였다.

그런데 지금 자신의 꼴은 어떠한가?

사지가 꺾여서 볼품이라고는 눈곱만큼도 없었다.

이런 꼬라지로 1,000만 달러니, 와튼버그 가문을 없애달라

느니 하는 말을 듣고 있는 게 스스로 한심했다.

그런 유리의 의중을 김두찬은 눈치챘다.

"기회를 주지."

뜬금없는 김두찬의 말에 유리가 떨궜던 시선을 들어 올렸다.

김두찬은 그런 유리의 몸에 손을 대고서는 정화의 손을 사용했다.

정화의 손은 치료 스킬의 S랭크 특전으로 남에게도 치료의 효과를 사용 가능하게 만드는 능력이었다.

정화의 손이 발동하자 제멋대로 꺾여 있던 유리의 팔다리가 제자리를 찾아갔다.

뚝! 두둑! 뚜두둑!

그러고는 원래의 모습으로 돌아오는가 싶더니 부러진 뼈들이 말끔하게 달라붙었다.

유리는 이 말도 안 되는 광경에 거의 졸도할 지경이 되었다.

"으… 으으!"

그는 부러졌던 사지가 다 나았다는 기쁨보다 김두찬에 대한 공포로 몸을 떨었다.

"어, 어떻게……?"

"말했잖아. 난 평범한 인간이 아니라고. 하지만… 어디 가서 발설하지 않는 게 좋아. 시끄러워지는 건 싫으니까. 뭐, 말해봤자 너만 미친놈 취급당하겠지만."

유리는 그런 말을 하는 김두찬이 이해되지 않았다.

시끄러워질 것이 싫다면 굳이 그런 능력들을 보여주지 않으면 되는 것 아닌가?

"그래, 의아하겠지. 왜 이렇게까지 하는지. 적어도 한 명은 내가 어떤 사람인지 제대로 인식하고 있어야 앞으로도 날 적으로 만들 생각은 안 하지 않을까… 싶어서. 게다가 서열 8위라면 세력 내에서도 제법 입김이 통하겠지."

그것은 경고였다.

내가 누군지 알았으니 함부로 발톱을 드러내지 말라는 경고.

"내 보금자리를 건드리지 않으면 나도 네 보금자리를 건드리지 않을 거야."

유리가 본 김두찬은 숙련된 암살자 셋을 일격으로 제압하며, 총알을 맨손으로 잡아내고 부러진 뼈를 기이한 능력으로 고쳐 버리는 괴물이었다.

게다가 타인의 생각까지 들여다본다.

만약 이런 사내를 진정 적으로 돌렸다간…….

'아무리 판시가르라 하더라도 무사하지 못해.'

유리의 이마에 식은땀이 맺혔다.

판시가르는 사람을 상대로 암살을 하는 집단이다.

그런데 사람이 아닌 존재를 어떻게 상대하겠는가.

총알이 먹히지 않으면 칼도 들어가지 않을 게 분명했다.

유리는 이게 바로 말로만 듣던 초능력자인 건가 싶었다.

'절대 적으로 돌려서는 안 되는 상대다.'

유리가 천천히 고개를 끄덕였다.

"착수금만 정확히 보내준다면 와튼버그 가문을 확실히 처리하겠다."

"지금은 착수금이지만 다시 한번 칼끝이 내게 향한다면 판시가르가 저승 가는 노잣돈이 될 거야."

꿀꺽!

저도 모르게 마른침을 삼킨 유리가 고개를 끄덕였다.

'이 정도면 되었으려나?'

김두찬이 고민했다.

협박은 충분히 먹힌 것 같지만 그것은 오로지 유리에 한해서다.

지금 기절해 있는 두 명은 물론이고 판시가르라는 집단 자체가 김두찬이 어떤 사람인지 모른다.

본인은 판시가르의 암습에 얼마든지 대처할 수 있지만, 가족이 문제였다.

일반인을 죽이는 것쯤 암살자에겐 파리 한 마리 죽이는 것만큼 쉬운 일이니 말이다.

그에 김두찬은 판시가르의 본질을 떠올렸다.

유리의 머릿속에서 확인한 판시가르는 철저하게 돈을 따라 움직이는 집단이다.

돈만 주면 철천지원수도 고객이 되어버리는 곳이 판시가르였다.

김두찬은 보험을 들어두기로 했다.

"1,000만 달러를 더 주겠어."

"그럼 총… 2,000만 달러를 내겠다는 건가?"

"그래. 그 이상의 돈을 제시하며 날 죽여달라는 사람이 나타나지 않는 이상 내 근처에 얼씬도 하지 마."

"보험금 같은 거군."

"그렇지. 너희 판시가르의 보험금을 내가 대신 내준 거지."

"뭐?"

"말했잖아. 칼끝을 이쪽으로 돌리면 판시가르 역시 무사하지 못할 거라고. 하지만 내 존재에 대해 너는 함구해야 돼. 설사 사실대로 말한다고 해도 네 말을 믿지 못하겠지. 그리고 누군가가 또다시 내 암살을 의뢰해서 칼끝이 내게 향한다면?"

"……"

"판시가르를 없애 버릴 거야. 그런 일이 벌어지지 않게 하기 위한 보험금이야."

"…알겠다."

개인이 판시가르를 위해주고 있다?

누군가 들으면 콧방귀를 뀌었겠지만 김두찬의 입에서 흘러나온 말이기에 충분히 설득력이 있었다.

"착수금은 어떻게 지불하는 거지?"

"언제까지 준비할 수 있나?"

"내일이라도 바로."

"원래는 심부름꾼을 따로 보내지만 내일 내가 직접 받으러 오겠다. 2,000만 달러, 전부 현금으로 준비해 놓으면 돼."

"난 일이 빠르게 준비되었으면 해. 내일 10시까지 집으로 와. 그 시간엔 아마 아무도 없을 테니."

"현금을 인수하는 직후 판시가르에 연락을 취하지. 내가 돈을 가지고 러시아로 돌아갈 때쯤이면 모든 일이 정리되어 있을 거야."

"조직원들을 전 세계에 심어놓은 모양이군."

그렇지 않고서야 이렇게나 빠르게 일이 진행되기는 힘들었다.

유리는 거기에 대해 딱히 긍정도 부정도 하지 않았다.

"이제 돌아가."

유리가 천천히 몸을 일으켰다.

조금 전까지만 해도 눈 뜨고 보기 애처로울 만큼 엉망이던 팔다리가 멀쩡하게 움직였다.

아무런 고통도 없었다.

'어떻게 사람이 이런……'

유리는 김두찬이 자신도 모르는 새, 마약이라도 먹인 것이 아닐까 싶었다.

하지만 그가 경험한 것은 환각 따위가 아니었다.

"고민해 봤자 머리만 아프다. 그냥 나가."

김두찬은 유리의 내심을 훤히 들여다보고 있었다.

유리는 말없이 기절한 동료 둘을 어깨에 하나씩 걸쳐 메고서 현관문으로 나갔다.

김두찬은 그의 기척이 멀어지는 것을 확인한 뒤, 겨우 한숨을 내쉬었다.

"후우."

유리 앞에서는 강인한 척했지만 김두찬도 사람이었다.

그리고 암살자들을 대면하는 것은 처음이었다.

때문에 마음의 동요가 이는 것이 당연했다.

하지만 이를 완벽하게 감추고 암살자들을 상대했다.

예전의 김두찬이라면 상상도 못 할 일이었다.

그의 외면이 성장한 만큼 내면도 크게 성장했다는 방증이었다.

김두찬은 암살자들의 족적과 침입의 흔적을 정리한 뒤, 자기 방으로 올라왔다.

오늘은 더 작업을 할 기분이 들지 않아 침대에 드러누웠다.

오지 않는 잠을 청하며 눈을 감았다.

그러자 숱한 잡념이 김두찬을 괴롭혔다.

그중에서 김두찬의 머릿속을 가장 크게 차지하고 있는 생각은 '와튼버그 가문이 어째서 자신을 살해하려 했는가'였다.

＊   ＊   ＊

다음 날, 오전 10시.

김두찬은 유리에게 마련해 온 돈을 넘겼다.

유리는 바로 판시가르의 연락책에게 지금의 상황을 전했다.

물론 김두찬에 관한 이야기는 자세히 하지 않았다.

자신을 포함, 동료들이 모두 일격에 제압당함. 김두찬은 우리를 죽이지 않고 새로운 거래를 제안. 2,000만 달러를 제시하며 두 가지를 제안함. 하나, 자신의 암살을 의뢰한 이와 그 원인을 제공한 이들의 역(逆)암살. 둘, 누군가 자신의 목에 2,000만 달러 이상을 제안하지 않는 이상 무시할 것. 2,000만 달러 확보 완료.

그것이 유리가 전해온 보고의 전부였다.

연락책은 이를 판시가르의 우두머리에게 바로 전달했다.

판시가르는 조직을 다스리는 이의 정체가 베일에 싸여 있었다.

대체 누가 판시가르를 움직이는 것인지 아무도 알지 못했다.

정체불명의 마스터는 연락책의 보고를 받고서 김두찬의 의뢰를 받아들였다.

유리는 믿을 만한 인물로, 조직 내에서도 많은 이들의 신임을 받고 있기 때문이다.

해럴드 와튼버그 및 김두찬의 암살 의뢰가 들어오도록 일조한 이들을 암살하라.

마스터의 명이 떨어지자 미국 지부에 있는 판시가르의 암살자들이 빠르게 움직였다.

*   *   *

김두찬은 잠실로 향했다.

그곳의 한 국밥집에서 누군가를 기다렸다.

창가 쪽 자리에 앉아 물을 홀짝이며 5분 정도 기다리니 반가운 음성이 귓전을 울렸다.

"잘 지냈습니까, 작가님!"

씩씩하게 인사를 건네며 김두찬의 맞은편에 앉는 이는 다름 아닌 정지호였다.

배우 정태조의 큰형이자 잠실을 접수한 주먹패의 우두머리!

하지만 지금 그는 점점 더러운 일에서 손을 떼고 있었다.

그에게는 '친절한 친구들'이라는 경호 업체 법인 회사가 있었다.

뒤 세계 일만 하던 동생들을 갱생시켜 번듯한 직장인으로 만들어 다 같이 잘 먹고 잘사는 것이 그의 목표였다.

"지호 씨는 변함없네요."

"작가님이야말로 갈수록 신수가 훤해집니다. 거기다가 몸도 계속 좋아지고. 운동하시나 봐요? 주문했어요?"

"아니요."

"이모! 여기 국밥 특으로 두 개 주고, 수육도 주쇼! 여긴 내가 살 테니 많이 드세요."

"잘 먹을게요."

"그나저나 무슨 일입니까? 갑자기 보자고 하고."

"그냥 얼굴 보고 안부도 물을 겸해서요."

"뭐 부탁할 거 있으면 기탄없이 말해요."

"역시 눈치가 빠르시네요."

"어디 손봐줘야 할 놈들 있습니까?"

"아니요. 있다고 해도 이제는 그런 부탁 안 할 겁니다."

"왜요?"

"깨끗하게 살고 싶어 하는 분들 손에 자꾸 진흙 묻히게 만들면 안 되잖아요."

"생각해 줘서 고맙네요. 하하."

"대신 다른 일 좀 부탁하려고요."

"뭔데요?"

"창작유희가 곧 법인으로 출범하게 될 거예요."

"그거 축하할 일이네요."

"근데 알다시피 제가 주변에 적이 좀 많잖아요."

"많다기보다는 어쩌다 한 번씩 거물급 쓰레기들이 작가님을 건드리는 건 자주 봤죠. 물론 하나같이 죽사발이 났고."

그때 주문했던 국밥과 수육이 나왔다.

"여긴 이게 좋아. 음식이 엄청 빨리 나와."

정지호가 시시덕거리며 국에 밥을 말고 다대기를 풀었다.

잘게 썰어 나온 청량고추에 고추기름까지 뿌리고 나서 휘휘 젓더니 한 입 크게 떠먹고는 고개를 크게 끄덕였다.

"크으, 이 맛이지. 이모! 소주 한 병 주세요! 작가님도 한잔 하시죠?"

"그래요. 좋아요."

"하던 얘기 계속 해봐요."

정지호는 수육 두 개를 집어 간장 양념에 푹 찍어 입에 넣고 씹었다.

"그리고 창작유희는 앞으로도 덩치가 상당히 커질 예정이거든요. 어마어마하게. 물론 소속 작가들 역시 하나같이 몸값이 어마어마한 사람들로 성장할 테고요."

종업원이 소주 한 병과 잔 두 개를 테이블에 놓고 갔다.

정지호가 바로 소주 뚜껑을 따 두 사람의 잔에 따른 뒤, 자기 잔을 들어 올렸다.

"꿀꺽! 크으, 그러니까 창작유희의 작가님들을 경호해 달라?"

"네. 회사 대 회사로 계약을 맺었으면 해요."

"회사 대… 회사로 말입니까?"

"그래요. 아울러 저와 개인적인 계약도 맺어줬으면 합니다. 우리 가족을 몰래 경호해 줘요. 저번처럼."

"그거야 뭐 어려운 건 아닌데… 누가 김 작가님 가족들을 노리고 있답니까?"

정지호의 눈매가 매서워졌다.

김두찬은 웃으며 고개를 저었다.

"그냥 만약을 대비한 것뿐이에요. 돈은 부족하지 않게 드릴게요. 회사 측 계약은 연에 20억으로 하고, 가족 건은 연 10억으로 어때요?"

김두찬은 정지호에게 매년 35억을 주겠다는 파격적인 제안을 건넸다.

물론 김두찬의 입장에서는 얼마든지 감당할 수 있는 수준의 돈이었다.

"아니, 나야 그렇게 챙겨주시면 고맙죠. 그 정도 돈이 매년 들어오면 회사도 빠르게 클 수 있을 테고 말입니다."

"그럼 그렇게 하는 걸로. 됐죠?"

김두찬이 비로소 숟가락을 들었다.

이제 더 이상 일 얘기는 안 해도 된다는 얼굴로 말이다.

그 화끈한 모습에 정지호가 크게 웃었다.

"하하하하! 내가 작가님을 이래서 좋아한다고! 오늘 나랑 끝까지 마셔봅시다!"

"좋죠."

짠!

두 사람의 잔이 맑은 소리를 내며 부딪쳤다.

*　　　　*　　　　*

늦은 밤.

낮 동안 술을 퍼마시다가 일찍부터 침대에 드러누웠던 해럴드 와튼버그는 기이한 서늘함에 눈을 떴다.

그리고.

"커헙!"

헛숨을 들이켰다.

낯선 사내가 침대 곁에서 그를 내려다보고 서 있었다.

해럴드가 얼른 몸을 일으키려 했다.

하지만.

턱. 턱턱.

사지가 무언가에 포박되어 움직일 수 없었다.

"네놈, 뭐냐."

"우리에게 의뢰를 맡겼었지?"

"…판시가르?"

암살자가 고개를 끄덕였다.

해럴드는 어처구니가 없어 한참 동안 눈만 끔뻑였다.

그러다 겨우 말을 꺼냈다.

"난 김두찬을 죽이라고 했을 텐데?"

"그랬지."

"지금 이 상황은 대체 뭐지?"

"나 같은 인간이 이 새벽에 조용히 찾아와 사지를 포박할
이유가 뭐겠어?"

"날 죽이러 왔다고?"

암살자의 고개가 또 한 번 끄덕여졌다.

해럴드의 눈에 노기가 어렸다.

"하! 그럼 김두찬은 죽었나?"

"살아 있지."

"그런데 지금 이게 무슨……!"

소리치려는 해럴드의 입을 암살자가 틀어막았다.

"읍읍!"

"우리한테 일을 맡길 때부터 당신이 마음에 들지 않았어. 와튼버그 가문의 명함이 무슨 왕관이라도 되는 양 우리를 신하 부리듯 하려 했지. 잘 들어. 우리는 당신의 시종이 아니야. 거래처 사람들이지. 우리는 돈을 받았고, 그에 따른 임무를 처리할 뿐이다."

암살자가 해럴드의 입에서 손을 뗐다.

그가 입을 막은 건 해럴드가 고함을 지를 것이 염려돼서가 아니었다.

어차피 와튼버그 가문에 망조가 들면서 저택의 일꾼들이 모두 나가 버렸다.

와튼버그의 아내도 집을 나가 이혼 소송을 진행 중이다.

외동아들 노아 와튼버그는 차가운 감옥 안에 들어가 있었다.

이 저택에는 해럴드만 남아 있었다.

그럼에도 해럴드의 고함을 막으려 한 건, 이런 상황에서도 거만함을 버리지 못한 그의 태도가 짜증 났기 때문이다.

암살자는 인내심이 많지 않았다.

해럴드가 자신의 성질을 더 긁으면 바로 죽일지도 모를 일이었다.

그래서는 안 됐다.

아직 해럴드에게 들어야 할 얘기가 있었다.

해럴드는 입이 뚫리자 씨근덕대며 소리쳤다.

"그래! 나는 너희에게 돈을 줬어! 거래를 했지! 그런데 왜 김두찬이 살아 있는 거냐고!"

"네가 김두찬의 목값으로 내건 돈이 100만 달러였지. 김두찬 작가는 네 목값으로 2,000만 달러를 내놨다."

2,000만 달러라는 큰 액수에 와튼버그의 눈이 휘둥그레졌다.

"뭐, 뭐라고? 미친……!"

한국의 글쟁이가 대체 그만한 돈이 어디서 나왔다는 말인가?

암살자는 놀란 해럴드에게 제안했다.

"살고 싶은가? 그렇다면 이번 의뢰를 맡긴 사람을 없애야 한다. 하지만 그러려면 2,000만 달러 이상의 돈을 우리에게 줘야 돼. 애들 장난이 아닌 건 알겠지. 김두찬 작가는 역으로 살인 의뢰를 하는 데 10배를 불렀으나, 와튼버그 가문의 사정이 있으니 2배 정도로 합의해 주도록 하지."

4,000만 달러.

예전의 와튼버그였다면 출혈이 좀 심해도 목숨값으로 충분히 마련할 수 있는 금액이었다.

하지만 지금의 와튼버그 가문은 모든 주식이 산산조각 났고, 주 수입원이 마비됐다.

게다가 이미 대부분의 회사는 다른 곳으로 넘어갔고, 건물과 부동산도 그들이 돈을 융통한 금융기관들에 의해 묶여 버렸다.

자금을 마련할 구멍이 완전히 사라진 상황에 4,000만 달러를 구할 방도는 어디에도 없었다.

해럴드는 침묵했고 암살자는 총을 꺼냈다.

"고통은 크지 않을 거야. 그래도 우리 고객님이었으니 한 번에 보내주지."

소음기를 부착한 총구가 해럴드의 이마에 닿았다.

차가운 쇠의 감촉이 해럴드의 등줄기를 서늘하게 만들었다.

"사, 살려줘……."

죽음이라는 것이 목전까지 다가오자 해럴드는 저도 모르게 삶을 구걸했다.

그런 해럴드에게 암살자가 물었다.

"왜 김두찬의 목을 원한 거지?"

죽음의 공포는 세상 그 무엇보다 두려운 것임을 해럴드는 지금 이 순간 알게 됐다.

그가 사지를 벌벌 떨며 질문에 답했다.

"내, 내 가문이 무너지는 데 결정적인 원인을 제공한 녀석이 니까."

"어째서 그렇게 판단하지?"

그러자 해럴드의 입에서의 의외의 대답이 튀어나왔다.

"다, 다니엘! 다니엘 브라운! 그가 모든 것을 말해줬어."

다니엘 브라운.

노아 와튼버그에게 악감정을 갖고 있던 자로, 김두찬이 와튼버그 가문의 약점을 메일로 건네줬던 그 사내였다.

암살자는 그런 일련의 사건을 알지 못하므로 담담하게 재차 물었다.

"그자가 뭘 말해줬다는 거지?"

"자신에게 내 아들의 비리가 담긴 정보를 넘겨준 사람이 김두찬 작가가 확실하다고 했지."

"내가 알아들을 수 있도록 자세히 얘기해."

암살자가 들고 있는 총에 힘을 주었다.

꾸욱.

총구가 이마 끝을 짓누르자 해럴드는 거의 울 것 같은 표정이 되어 빠르게 혀를 놀렸다.

"야, 약혼 파티! 거기에서 다니엘이 우리 아들의 비리가 담긴 영상을 공개했어!"

노아가 체포되고 난 뒤, 해럴드는 무너지는 와튼버그 가문의 기둥을 붙드는 데만 정신이 팔렸다.

그러나 그도 잠시.

불과 사흘 만에 어떻게 해도 가문을 살릴 수 없다는 걸 받아들였다.

모든 것을 포기하고 나니 비로소 다니엘의 얼굴이 떠올랐다.

대체 그가 노아의 '그런' 영상들을 어찌 수집해서 파티 자리에 송출한 건지 모를 일이었다.

필시 경찰에 영상들을 전달한 것도 다니엘일 터!

해럴드는 그날로 다니엘을 찾아갔다.

"그리고 다니엘에게 물었어. 대체 내 아들이 범죄를 저지른 동영상들을 어떤 루트로 입수했는지. 나조차 몰랐던 내 아들의 범죄를 다니엘이 알아챘을 리 없으니까. 그놈에겐 그런 머리가 없거든."

해럴드의 질문에 다니엘은 바로 대답하지 않고 거래를 제시했다.

"HL을 넘기면 생각해 보도록 하죠."

HL은 제약 회사로서 해럴드 가문이 벌여놓은 사업체 중 가장 큰 것이었다.

다른 사업체들은 가을에 베어지는 벼처럼 우르르 쓰러졌다.

하지만 HL은 겨우겨우 버티는 중이었다.

그러나 와튼버그 가문이 계속해서 잡고 있을 경우 결국 다른 사업체들과 같은 수순을 밟을 건 불 보듯 뻔했다.

"우리 브라운 가문이 HL을 인수하면 망하지는 않을 겁니다."

다니엘이 거래를 강요했다.

브라운 가문은 확실히 여러모로 사람들에게 이미지가 좋았다.

대부분 아무도 모르게 봉사 활동이나 기부를 한 뒤 그것이 나중에 알려져 쌓인 이미지였다.

한데 그건 전부 브라운 가문이 설계한 판이었다.

브라운 가문은 남들 모르게 선행을 하지만, 딱 한 명 그 광경을 카메라에 담을 일반인을 심어놓았다.

그 일반인은 몇 주, 혹은 몇 달이 지나 인터넷에 이러한 사실들을 알리거나 신문사에 제보를 했다.

이런 식으로 브라운 가문은 스스로의 이미지를 '선한 가문'

으로 치장하는 데 성공했다.

때문에 와튼버그 가문과 대조되는 지금, HL을 사들이면 충분히 회생시킬 수가 있을 터였다.

해럴드는 멍청하다고만 여겨왔던 다니엘이 설마 이런 제안을 하리라곤 생각지 못했다.

속에서 분통이 터지고 약이 올랐지만 그에게는 선택권이 없었다.

"못 본 사이 많이도 컸구나. 좋아. 그렇게 하지."

결국 해럴드는 HL을 넘기기로 하고 다니엘에게 원하는 정보를 얻었다.

"얼마 전 전화가 왔었죠. 누군지 모르겠지만 노아를 증오하고 있지 않느냐 묻더군요. 그러고는 대뜸 메모지와 펜을 준비하라고 하더니 누군가의 아이디와 비밀번호를 가르쳐 줬어요. 이게 뭐냐고 물었더니 그가 말하길, 노아의 비공개 SNS 계정이라 하더군요. 난 그 안에서 노아가 손을 댄 모든 범죄의 증거들을 전부 구할 수 있었죠. LA 전역으로 유통 중인 마약 사업의 실질적 우두머리가 그였고, 아동 성폭행을 일삼는 괴물이 그였죠."

다니엘은 그 동영상을 경찰에 넘기고 파티 자리에서 공개했다.

그 바람에 노아는 물론이고 와튼버그 가문까지 멸망의 길을 걸게 됐다.

해럴드는 분노로 떨리는 몸을 겨우 진정시키며 다니엘에게 물었다.

"전화를 건 사람이 누군지… 끝까지 알 수 없었던 건가?"

"그럴 뻔했죠. 파티에 참석하지 않았더라면."

"뭐?"

"김두찬 작가. 그자의 음성을 듣는 순간 머리카락이 쭈뼛쭈뼛 서더군요. 차이가 제법 있었지만 분명히 그 사람의 음성과 같았어요. 내 살아생전 그만한 미성을 들어본 적이 단 한 번도 없었거든."

사람의 음성을 전화로 듣는 것과 직접 듣는 건 분명히 차이가 있었다.

그러나 김두찬의 음성은 헷갈릴 수가 없을 만큼 미성이었다.

해서 다니엘은 파티장에서 노아와 다툼을 벌이는 김두찬을 보며 확신했다.

그가 바로 자신에게 자료를 넘겨준 이라고.

해럴드는 그 자리로 검찰에 송치된 노아를 찾아가 면회를 신청했다.

"혹시 김두찬 작가와 파티 이전에 만난 일이 있느냐?"

김두찬이 노아에게 개인적 원한을 가지고 있지 않은 이상

이런 일을 벌일 리가 없다.

그것이 해럴드의 생각이었다.

노아는 김두찬과 다즈니 랜드에서 있었던 시비를 말해주었다.

이야기를 전부 듣고 난 해럴드는 황당한 얼굴이 됐다.

"그게… 전부냐? 고작 그따위 일 때문에……."

내 아들을, 내 가문을 이 지경으로 만들어?

해럴드는 이해가 가지 않았다.

하지만 김두찬의 입장에서는 노아가 자신의 가족을 해하겠다는 얘기를 했으니 충분히 저지를 수 있는 일이었다.

노아는 해럴드에게 그러한 부분에 대해서는 일절 말하지 않았다.

거기까지 얘기를 듣고 난 암살자가 고개를 끄덕였다.

"그래서 김두찬의 암살을 의뢰했다는 거군."

"대체 노아가 얼마나 큰 잘못을 저질렀다고 그런 짓을 벌인 건지 지금도 이해가 되지 않아."

"김두찬 개인에게 한 짓은 어떨지 모르겠으나 그가 시민들을 상대로 벌인 범죄의 무게는 상당했지. 김두찬 작가도 노아의 뒤를 캐다가 그런 사실들을 알게 돼서 작정하고 부딪혀 무너뜨린 것 아닌가 싶군."

"크윽!"

"아무튼 다니엘에게 HL을 넘기는 조건으로 김두찬의 얘기를 들었고, 그래서 암살을 의뢰한 거라 이거지."

암살자의 물음에 헤럴드가 목이 부러져라 고개를 아래위로 흔들었다.

암살자가 원하는 정보를 전부 넘겨줬으니 자신이 살 수 있지 않을까 하는 일말의 기대감이 들었다.

그러나.

"다음 타깃을 정해줘서 고맙다."

슉!

"……!"

암살자는 미련 없이 방아쇠를 당겼고 소음기를 관통한 총알이 헤럴드의 이마를 꿰뚫었다.

헤럴드의 두 눈이 위로 까뒤집어졌다.

이마에 뚫린 구멍에서 붉은 피가 꿀럭였다.

헤럴드의 숨이 끊어진 순간 암살자는 이미 그 방 안에 존재치 않았다.

*   *   *

"맙소사."

다니엘은 대체 이들이 어떻게 자신의 방 안으로 들어온 건지 의문이었다.

두 명의 암살자들은 브라운가의 그 큰 저택에서 다니엘의 방을 정확히 찾아내어 창문으로 흘러들어 왔다.

어떠한 보안 장치에도 걸리지 않고 누구의 눈에도 띄지 않았다.

다니엘은 직감했다.

오늘 자신이 여기서 죽을 것이라고.

하지만 왜 죽어야 하는지만이라도 알고 싶었다.

달빛에 비친 그의 눈빛 속에 담긴 뜻을 읽은 암살자 한 명이 나직이 속삭였다.

"작은 이득에 눈이 멀어 은혜를 원수로 갚은 대가라고 해두지."

푸슉!

"……!"

다니엘은 단말마도 없이 침대에 피를 흩뿌리며 대자로 뻗었다.

*　　　*　　　*

다음 날.

한국에는 물 건너 나라의 흉흉한 소식이 날아들었다.

미국 100대 부호 중 하나였던 와튼버그가의 해럴드 와튼버그와 브라운가의 장남 다니엘 브라운이 암살당했다는 뉴스였다.

그 기사를 보고 나서야 김두찬은 해럴드가 자신의 암살을 의뢰한 이유를 알 수 있었다.

'다니엘이 나란 걸 알아챘군. 그리고 해럴드에게 모든 사실을 털어놓았어.'

판시가르는 김두찬이 의뢰한 임무를 완벽하게 완수했다.

비로소 김두찬의 마음 한편이 조금 편안해졌다.

적어도 가족들이 자신으로 인해 위험에 처할 일은 없을 테니 말이다.

아울러 오늘부터는 정지호가 꾸려가는 경호 업체 '친절한 친구들'에서 가족을 지켜주기로 했다.

김두찬은 어제 정지호와 술자리가 끝나자마자 가족의 경호 비용과 창작유희 소속 작가들의 경호 비용 35억을 바로 건네주었다.

선수금으로 전액을 지불할 것이라 생각 못 했던 정지호는 기분이 좋은 한편 살짝 부담이 되는 눈치였다.

그는 일단 15억만 받고 나머지 돈은 1년간 자신의 업체가 김두찬의 맘에 들도록 일을 했을 때 지불해 달라고 부탁했다.

그는 자신이 일한 만큼 돈을 못 받는 걸 싫어했지만, 일하지 않았는데도 그 이상의 돈을 받는 것 역시 싫어했다.

돈을 받는다면 그만큼의 일을 확실히 해내야 한다는 게 그의 지론이었다.

하지만 김두찬은 무조건 정지호를 믿었다.

그는 신의를 저버리지 않는 사내였다.

35억 이상의 일을 하면 했지, 돈만 먹고 탱자탱자 놀다가 김두찬을 실망시킬 인물은 아니었다.

김두찬은 사실 정지호까지 자신의 사단으로 만들고 싶었다.

그가 예술가는 아니지만 김두찬 사단으로서 평생을 함께해 준다면 참 든든할 것 같았다.

'하지만 예술적으로 겹치는 부분이 없으니…….'

상대방을 사단으로 만들기 위해서는 같은 분야에서 일을 하며 합작을 해야 했다.

'같은 분야라는 조건은… 성립이 되는 건가?'

정지호는 예술 분야에서 일하는 창작유희 작가들의 안전을 책임진다.

때문에 예술 분야를 위해 일하는 것이므로 하나의 조건은 성립되는 것 같았다.

그러나 함께 예술 관련 분야의 일로 합작을 해야 한다는 것이 문제였다.

아침부터 컴퓨터 앞에 앉아 정지호를 사단으로 만들 방법에 대해 고민하며 인터넷 서핑을 하다가 환상서에 접속했다.

김두찬은 창작유희 사이트를 만들어 독립했지만, 그렇다고 환상서를 들르지 않는 건 아니었다.

환상서는 장르문학의 최신 유행을 선도하는 곳이다.

때문에 요즘 독자들이 어떠한 종류의 글을 선호하는지가 여실히 드러난다.

감각이 무뎌지지 않으려면 늘 환상서에서 인기 있는 글들을 읽어봐야 했다.

물론 인생 역전으로 어마어마한 능력을 얻은 김두찬의 감각이 떨어질 일은 없겠지만.

한데 환상서에 접속하자마자 특이한 배너 하나가 눈에 들어왔다.

"어?"

하단부에 가장 작은 배너에는 익숙한 사내의 얼굴이 새겨져 있었다.

그리고 사내의 얼굴 우측으로 '믿음직한 경호 업체 친절한 친구들!'이라는 글귀가 보였다.

"정… 지호?"

배너에 새겨진 얼굴의 주인은 바로 정지호였다.

정지호는 '친절한 친구들'의 광고를 나름대로 열심히 하고 있는 중이었다.

"역시 잘생겼단 말이야."

김두찬은 배너에 걸린 정지호의 얼굴을 보며 감탄했다.

정지호, 정태조, 정이율.

세 형제 모두 어머니는 다르지만 미모 하나는 끝내줬다.

그들의 아버지는 수많은 여자들과 염문을 일으킬 만큼 엄청난 바람둥이였다.

당연히 미모가 대단했을 것이다.

그런 사람에게 꼬이는 여자들 역시 상당한 미인이였을 테니, 둘 사이에서 태어난 자식들 역시 그 미모를 고스란히 물려받은 건 당연한 일이었다.

'지호 씨도 그냥 경호 업체 대표만 하기에는 아까운 인물이란 말이야.'

김두찬이 속으로 그런 생각을 하고 있을 때였다.

벌컥!

"오빠! 들어가도 돼?"

김두리가 노크도 없이 문을 열고 들어왔다.

깜짝 놀란 김두찬이 뒤돌아보며 나무랐다.

"인마, 그런 건 들어오기 전에 물어봐야지."

"사소한 건 넘어가자. 그보다 이것 좀 봐줄래?"

김두리가 한 뭉치의 A4 용지를 내밀었다.

김두찬이 받아 보니 첫 장에 커다란 포인트로 '스물의 자소서'라는 제목과 '집필: 김두리'라는 글귀가 적혀 있었다.

"이게 뭐야?"

김두찬이 한 장을 넘겼다.

그러자 어설픈 시나리오 형태의 글이 나타났다.

"응! 그거 내가 쓴 단편 시나리오야."

"이걸로 뭘 하려고?"

"자기소개 프로필을 단편극 형식으로 만들어 보려고!"

"어떻게?"

"읽어봐!"

"흠."

김두찬이 빠르게 시나리오를 읽어나갔다.

5장의 종이 안에 담긴 내용은 심플했다.

이제 막 20살이 된 여인이 공원을 산책하다가 벤치에 앉아 있는 중년의 남성을 보게 된다.

순간 남성과 여인의 눈이 마주치고, 중년 남성은 여인에게 잠깐 대화를 할 수 있겠느냐 묻는다.

여인은 뭔가 께름칙했지만 대낮인 데다 주변에 지나가는 사람들도 많으니 별일 있겠냐 싶어 조심스레 다가간다.

가까이 서고 보니 준수한 남성의 외모가 경계심을 덜어주었다.

남성은 여인에게 나이를 묻는다.

스물이라는 말을 듣자 얼마 전 사고로 죽은 자신의 딸과 같은 나이라고 한다.

여인과 대화를 하려 했던 건 죽어버린 자신의 딸과 너무나 닮아서 그런 것이라는 말까지 해준다.

여인은 남성의 사정이 딱하다고 생각한다.

남성은 여인에게 그녀의 이야기를 들려달라고 말한다.

죽어버린 자신의 딸이 하는 얘기인 양 그렇게 듣고 싶다며.

여인은 굵직굵직한 사건들을 중심으로 얘기를 해주고, 남성은 고맙다며 눈물을 흘린다.

그런 남성에게 힘을 내라며 여인은 떠난다.

그러자 홀로 남겨진 남성은 언제 울었냐는 듯 눈물을 닦고서 주먹을 불끈 쥐며 말한다.

"좋아. 20살 사회 초년생 여자 캐릭터, 잡혔다."

남성은 딸을 잃어 아픔을 안고 가는 사람이 아니라, 여태 혼인도 안 하고서 만화가의 길을 걷는 백수였다.

이번에 새로 준비하는 만화의 주인공 캐릭터를 완벽하게 잡기 위해서 연기를 했던 것.

남성의 정체가 밝혀지며 시나리오는 끝을 맺는다.

"어때?"

김두찬이 시나리오의 마지막 장을 보자마자 김두리가 기대에 차서 물었다.

"…너무 어거지 아니니?"

"에히이! 괜찮아! 중요한 건 스토리가 아니고 그 안에 내 자기소개서가 담겼다는 거니까! 자기소개서의 새로운 시도! 멋지지?"

"흠… 그건 그렇고. 자기소개서를 왜 이런 형태로 만들려는 거야?"

"요즘은 자기 PR 시대에 개성 경쟁 시대잖아. 뭐라도 남들과 다른 특출한 무기가 있어야 하니까! 이것저것 시도해 보는 거지."

"그 도전 정신 하나는 인정해 줄게. 근데 여기 등장하는 남자 캐릭터는 어디서 구하려고?"

"오빠가 해주면 안 돼?"

"네가 중년 캐릭터로 설정해 놓은 거 그새 잊은 건 아니지?"

"아, 맞다. 으음… 오빠가 그럼 중년으로 분장을… 아아아, 아니다. 오빠 얼굴은 그런 분장으로 어떻게 할 수 있는 얼굴이 아니야."

잘생겨도 너무 잘생겼다.

저기에 주름을 몇 개 그어버리면 오히려 위화감만 조성될 게 분명했다.

"촬영이랑 편집은 어쩔 건데?"

"그건 걱정 마! 내 친구 중에 그쪽으로 특출한 애 있어."

"흠, 그럼 문제는 중년 캐릭터 하나라는 건데……."

고민을 하던 김두찬이 무심코 컴퓨터 모니터로 시선을 돌렸다.

그런데.

"음?"

배너에 뜬 정지호의 얼굴이 눈에 들어왔다.

김두리의 시나리오에 등장하는 잘생긴 중년이 바로 여기 있네?

순간 김두찬의 머릿속에서 스파크가 튀었다.

"두리야, 잘하면 내가 널 도와줄 수도 있을 것 같은데."

"정말?"

"그 전에 네가 만든 캐릭터 직접 연기 좀 해봐."

"엥? 오빠 앞에서? 쑥스러운데."

"오는 게 있어야 가는 게 있다."

"이익, 알았어, 알았어. 크흠! 흠!"

김두리가 목소리를 가다듬고서는 극에 나오는 여인의 대사 한 줄을 읊었다.

김두리는 순간 놀랄 만한 집중력을 보이며 자신이 만든 캐릭터에 완벽히 동화되었다.

"어땠어?"

짤막한 연기를 마친 김두리가 물었다.

솔직히 말해서 김두찬은 적잖이 놀랐다.

김두찬은 상상 공유의 힘으로 들여다본 레이첼의 일생을 김두리의 꿈에 심어주었었다.

이후부터 김두리의 연기 실력은 날마다 무서운 속도로 늘어났다.

지금만 해도 당장 여느 드라마나 영화에 데뷔해도 어색하지 않을 만큼 대단한 연기력을 보여주었다.

'역시 내 생각이 틀리지 않았어.'

김두찬은 정지호를 김두리의 자소서 영상 배우로 캐스팅하면서 시나리오를 직접 각색할 요량이었다.

그렇게 되면 김두찬이 각색한 시나리오로 촬영하는 영상에 정지호가 출연하는 것이니 두 사람은 합작을 한 것으로 인정된다.

김두찬은 거기에 그치지 않고 한 가지 욕심을 더 냈다.

바로 김두리까지 자신의 사단으로 받아들이는 것이다.

그의 예상대로 김두리는 발군의 연기력을 자랑했고 앞으로도 무섭게 성장할 것이다.

레이첼의 일생이 꿈속에 담긴 이후 영어까지 절로 늘고 있는 김두리였다.

연기력만 계속해서 성장해 준다면 글로벌 스타가 되기에도 무리가 없었다.

"두리야, 이 시나리오 내가 조금 손봐도 될까?"

"우와! 오빠가? 그럼 완전 대박이지!"

김두리는 김두찬이 얼마나 사이즈가 큰 사람인지 하루하루 날이 지날수록 더욱 깊이 깨닫고 있었다.

특히 이번에 미국에서 비비안 허스트의 구애를 걷어찼다는 소식까지 알게 되며, 오빠에 대한 존경심이 더욱 커져 버렸다.

"그럼 당장 손 좀 보자."

"어? 응, 그럼 파일 보내줄……."

"됐어."

김두찬은 워드 파일을 켜고서 김두리의 시나리오를 빠르게 옮겨 적었다.

한데 김두리가 자세히 보니 단순히 옮겨 적기만 하는 게 아니었다.

수정해야 할 부분들을 즉각적으로 수정해 나가고 있었다.

"우와아."

김두찬의 이런 모습을 보는 건 처음이었다.

타자를 두들기는 오빠의 뒷모습에서 후광이 비치는 것 같았다.

김두리는 쩍 벌어진 입을 다물 줄을 몰랐다.

타탁!

"됐다."

김두찬은 5페이지 분량의 글을 순식간에 수정했다.

수정된 글은 총 4페이지로 한 페이지 분량이 적어졌다.

"이제 남자 역할만 구하면 되는 거지."

"누구 있어?"

김두리의 물음에 김두찬은 대답 대신 정지호에게 전화를 걸었다.

"지호 씨, 혹시 오늘 한가해요?"

＊　　　　＊　　　　＊

영문도 모르고서 김두찬의 부름에 달려온 정지호는 카메라 앞에 서서 난감해했다.

"저기… 김 작가님, 이건 좀……."

"부탁드릴게요. 대사도 몇 마디 없어요. 눈 딱 감고 협조해 주시면 창작유회 사이트에도 배너 올려 드릴게요. 아, 그리고 지금 사용하는 배너 조금 촌스러워요. 디자인도 바꿔 드릴 테니까 한 번만 도와줘요."

"끄응."

김두찬이 저렇게까지 나오니 정지호는 도저히 거절을 할 수가 없었다.

게다가.

"아저씨! 저 오늘 밤에 약속 있거든요? 빨리 찍고 가야 돼요! 자자, 제가 준비한 옷으로 환복하시고 벤치에 앉아주세요! 슛 들어갈게요!"

김두리의 친구 정유미가 빨리 촬영을 하자며 성화를 부려대니 우물쭈물하고 있을 수가 없었다.

결국 정지호는 옷을 갈아입고 벤치에 앉았다.

"오케이! 그림 좋고~ 갈게요! 신 1—1. 액션!"

*　　　　*　　　　*

해가 뉘엿뉘엿 저물어갈 무렵, 촬영은 마무리됐다.

"수고하셨습니다! 두리야, 영상은 내가 편집해서 보내줄게! 약속 꼭 지켜!"

"당연하지!"

김두리가 엄지를 추켜올렸다.

이에 정유미는 고개를 끄덕이더니 김두찬을 보고서 얼굴을 붉히고는 자리를 떠났다.

이게 어떤 꿍꿍이가 있음을 느낀 김두찬이 김두리에게 물었다.

"너 무슨 약속 했어?"

"응? 아~ 별거 아니야. 오빠가 낸 책 전권 사인 받아서 주겠다고 했어. 헤헤."

"뭐?"

"유미가 사실 오빠 엄청난 광팬이거든. 책도 다 샀대! 사인해 줄 수 있지?"

김두찬은 자신의 눈치를 보는 김두리의 모습이 귀여워서 피식 웃었다.

"그래. 얼마든지."

"다행이다! 아, 그리고 지호 아저씨, 고생하셨어요!"

김두리가 벤치에 앉아 영혼까지 털린 얼굴로 축 처져 있는 정지호에게 인사를 건넸다.

정지호는 기운이 없어서 손을 휘젓는 것으로 대답을 대신했다.

"우리 무사히 촬영 마친 기념으로 뒤풀이해야죠! 삼겹살에 소주 마시러 가요!"

그 소리에 정지호가 반색하며 몸을 일으켰다.

"그러자. 술기운이라도 빌리지 않으면 오늘은 잠 못 들겠다."

"도와주셔서 감사했어요, 지호 씨."

"내 평생 연기 같은 걸 하는 날이 오리라고는 상상도 못 했습니다, 작가님."

"제가 맛있는 삼겹살집으로 모실게요."

"작가님이 사십쇼."

"당연하죠."

"아싸~! 맛있겠다!"

김두리가 행복한 얼굴로 파이팅 포즈를 취했다.

그때 시스템 메시지가 나타났다.

[정지호, 김두리와 합작을 하게 됐습니다. 같은 분야에서 일을 하는 사람들로 사단 영입이 가능하나, 신뢰도가 80이 넘어야 합니다.]

[정지호와 김두리의 신뢰도가 80을 넘었습니다. 두 사람을 김두찬 님의 사단으로 영입할 수 있습니다. 그들을 사단으로 인정하시겠습니까? YES/NO]

'됐다. YES!'

[정지호와 김두리는 김두찬 님의 사단이 되었습니다. 그들은 절대로 김두찬 님을 배신하지 않을 겁니다.]

[김두찬 사단을 만들어라: 8/10─서로아, 주화란, 채소다, 정태조, 홍근원, 이은정, 정지호, 김두리.]

[보너스 보상: 인생 역전의 엔딩.]

이것으로 '친절한 친구들'이 영원한 파트너로 자리매김하게 되었다.

그리고 인생 역전의 엔딩이 한 발짝 더 가까이 다가왔다.

Liking 109

아홉 번째 멤버

12월 19일.

마지막 퀘스트의 클리어 제한 시간까지 12일이 남았다.

앞으로 더 필요한 사단 멤버는 두 명.

시간적 여유는 넉넉한 편이었다.

마음만 먹으면 일주일 안에라도 퀘스트를 완료할 자신이 있었다.

하지만.

'하기 싫다.'

퀘스트를 깨는 순간 인생 역전도 끝이 난다.

하지만 그렇다고 퀘스트를 클리어하지 않으면 인생 역전으로 인해 얻었던 모든 것들을 잃게 된다.

아울러 게임 역시 끝이 나버린다.

하고 싶지 않지만 안 할 수도 없으니 최선의 방도는 12월 말일까지 버티다가 클리어하는 것이었다.

'당분간은 퀘스트 클리어할 생각 말고 내 일에 집중하자.'

목표가 그렇게 잡히니 당장은 작업 말고 할 일이 없었다.

괜찮아 프로젝트는 이미 끝났으니 웹툰에만 몰두하면 될 일이었다.

'나를 싫어하는 사람들'은 이제 명실공히 네이브 최고의 웹툰으로 자리매김했다.

이미 드라마 제작 제안까지 여러 곳에서 들어온 상황이었다.

이제 겨우 4화가 연재되었을 뿐인데 엄청난 화제성으로 이런 말도 안 되는 일을 이루어냈다.

덕분에 네이브 관계자들은 입이 귀에 걸렸다.

특히 김두찬과 계약한 마상지 팀은 덩실덩실 춤이라도 추고 싶은 기분이었다.

마상지는 수십 건의 제안 중 가장 괜찮은 것을 골라낸 뒤, 이 사실을 김두찬에게 전했다.

김두찬의 허락만 있다면 당장에라도 드라마 제작사와 계약을 진행할 참이었다.

물론 김두찬이 이를 거절할 이유는 없었다.

그는 허락했고 네이브는 당장 계약을 체결했다.

드라마 제작은 웹툰이 끝나는 시점부터 들어갈 듯했다.

총 50화로 구성된 '나를 싫어하는 사람들'은 일주일에 세 번씩 연재되고 있었다.

때문에 앞으로 4달이면 완결이 난다.

제작사 측에서 웹툰의 진행 방향을 주시하며 사전 준비를 하기에 충분한 시간이었다.

그리고 김두찬의 손에서는 지금 14화의 작업이 진행 중이었다.

그의 손이 태블릿 위에서 빠르게 움직였다.

콘티 상태였던 그림들에 선이 입혀지고 색이 칠해지며 명암이 잡혔다.

작업은 말도 안 될 만큼 빠른 속도로 진행되었다.

14화는 이전에 80퍼센트 정도 작업해 두었기에, 2시간 만에 마무리를 지을 수 있었다.

그때, 네이브 웹툰 관리부의 신인개발팀장 마상지로부터 전화가 왔다.

"마 팀장님, 안녕하세요."

―네, 작가님. 안녕하셨어요? 많이 바쁘시죠? 혹시 지금 작

업 중이셨나요?

마상지는 김두찬이 전화를 받자마자 빠르게 말을 쏟아냈다.

급한 일이 있어서 그러는 게 아니었다.

원래 그녀의 성격이 그러했다.

"아뇨. 방금 14화 작업 끝내서 조금 쉬려던 참이었어요."

─14화요?! 벌써 그렇게나 진행을 하셨어요? 6화까지 넘겨준 게 얼마 전이잖아요.

"이후로도 쉬지 않고 계속 작업했어요."

─미국까지 다녀오셨으면서 대체 언제 그렇게… 정말 감탄밖에 안 나오네요. 원고는 오늘 다 넘겨주실 거죠? 미리 보기도 올려놓아야 하는데, 그러기엔 분량이 너무 적어서요.

"네, 바로 보내 드릴게요."

─감사해요! 아, 그리고 작가님. 혹시 오늘 바쁘지 않으시면 미팅 좀 괜찮을까요?

"네, 괜찮아요."

─그럼 제가 작가님 댁으로 찾아뵐게요!

"아녜요. 바람도 쐴 겸 제가 그쪽으로 갈게요."

─바쁘실 텐데 댁에 계세요.

"어차피 오늘 저녁에 서울에 나가봐야 했어요."

저녁에는 뷰티미닷컴에서 화보 촬영이 있었다.

뷰티미닷컴은 한국에서 제일가는 온라인 의류 쇼핑몰로 우뚝 섰다.

그에 따라 정미연은 브랜드를 고급화시켜 백화점 몇 곳에 매장을 차렸다.

온라인 쇼핑몰에서는 대중적인 중저가 옷들을, 백화점에서는 고가의 옷들을 동시에 판매하게 된 것이다.

다행스럽게도 정미연의 패션 센스는 백화점에서도 통했고 매장들은 론칭 이후 줄곧 흑자를 내고 있었다.

이에 힘입은 정미연은 패션 잡지에도 손을 뻗었다.

그 결과물이 이제 다음 달이면 나온다.

패션 잡지의 이름은 '뷰티노블(Beauty Noble)'이었다.

김두찬은 뷰티 노블의 창간호 표지 모델로 선정되어, 저녁 촬영 일정이 잡힌 것이다.

─아, 서울에 나오실 일이 있으신 거예요?

"네, 겸사겸사 들르면 되니까 부담 갖지 마세요."

─그래주시면 정말 감사하죠. 언제쯤 도착하실 것 같으세요?

"지금 출발하면… 한 시간 반 정도 걸릴 것 같아요."

─알겠습니다! 기다리고 있겠습니다, 작가님!

마상지와의 통화가 끝난 뒤, 김두찬은 빠르게 서울로 출발했다.

오늘은 직접 핸들을 잡지 않고 장 매니저에게 운전을 부탁했다.

단기간에 집중해서 웹툰 작업을 했더니 피로가 조금 밀려왔기 때문이다.

이동하는 차 안에서 김두찬은 며칠 동안 보지 못했던 웹툰들을 몰아서 읽었다.

네이브에 연재되는 웹툰 중에서도 김두찬이 가장 좋아하는 건 '정이'라는 필명의 작가가 만든 '하늘 섬의 마왕'이었다.

코믹 판타지물이었는데, 경쾌하고 밝은 캐릭터들과 달리 세계관은 어둡기 그지없는 특이한 작품이었다.

하늘 섬의 마왕은 김두찬의 웹툰이 연재되기 전까지 인기 1위의 자리를 놓치지 않았었다.

지금은 만년 2위에 그치는 신세가 되었으나 그래도 대단한 인기를 구가하고 있었다.

'정이 작가님도 기회가 되면 한 번 뵙고 싶은데.'

김두찬이 그런 생각을 하며 다른 웹툰들도 일독하는 사이 밴은 네이브 회사 앞에 도착했다.

*   *   *

"작가님, 직접 와주시고 감사드려요."

마상지가 김두찬에게 가장 아끼는 고급 차까지 내어주며 극진히 대접했다.

"감사는요. 한데 무슨 일이세요?"

두 사람은 따로 회의실에 들어가지 않고 사무실 빈자리에 앉아 대화를 나눴다.

"아 그게… 한 가지 조심스레 요청드릴 사안이 있어서요."

"말씀해 보세요."

"작가님께서 지금 '두두뉴비'라는 필명으로 웹툰을 연재하고 계시잖아요. 이제 작가님의 본명으로 웹툰을 진행하면 어떨까 싶어서요."

"음… 딱히 상관은 없는데, 이유가 뭔지 알 수 있을까요?"

"작가님께서 필명을 사용한 건 기존의 네임 밸류 없이도 순수한 실력만으로 웹툰을 성공시킬 수 있을까 하는 도전 정신 때문이었죠?"

"맞아요."

"이미 그 부분은 충분히 증명이 되었으니 이제는 네임 밸류의 힘까지 함께 받아서 가속을 하는 게 어떨까 싶어요."

거기에 대해서는 김두찬도 크게 이견이 없었다.

마상지의 말처럼 그는 소기의 목적을 달성했다.

때문에 이제는 본명을 사용해도 아무런 상관이 없었다.

아니, 웹툰의 파급력을 높이는 데 더 도움이 될 터였다.

"네, 그렇게 하죠."

김두찬의 허락에 마상지의 표정이 밝아졌다.

그녀가 벌떡 일어나서 허리를 구십 도로 숙여 인사를 건넸다.

"감사해요, 작가님! 정말 감사합니다!"

"별것도 아닌데요, 뭐."

"별거죠. 작가님께서 허락 안 하시면 어쩌나 얼마나 마음 졸였다고요."

김두찬이 허락을 안 하면 네이브 측에서 마음대로 실명을 밝힐 수가 없는 일.

그렇게 되면 실명이 공개됨으로써 얻게 되는 무수한 플러스 요인을 전부 놓쳐 버리고 만다.

두두뉴비가 김두찬이라는 것이 알려지게 되면 조회 수가 폭발적으로 높아질 테고 그것은 곧 수익의 창출로 이어진다.

때문에 마상지는 어떡해서든 김두찬을 설득할 마음이었다.

한데 이렇게 순순히 허락해 주니 그저 고마웠다.

일이 순조롭게 풀리자 기분이 좋아진 마상지가 박수를 치며 주위를 집중시켰다.

"자자, 여러분. 내일 우리 회식에 작가님도 초대하는 건 어떨까요?"

마상지의 제안에 모든 이들이 환호했다.

김두찬이 네이브 소속 인기 작가라는 걸 떠나서, 그는 세계적인 인기인이었다.

게다가 잘생긴 외모에 인성까지 좋으니 누군들 친해지는 것이 싫겠는가.

마상지는 직원들의 반응을 보고 난 뒤 김두찬에게 물었다.

"작가님도 내일 시간 되시나요?"

"네, 특별한 스케줄은 없어요."

"그럼 함께해 주실 거죠?"

마상지의 능청스러운 표정을 보고 김두찬이 픽 웃었다.

"모든 분들이 기대 가득한 시선으로 절 보고 있는데 어떻게 거절하겠어요."

이미 김두찬이 빠져나갈 수 없도록 판을 짜놓고서는 의사를 묻는 것이 능구렁이가 따로 없었다.

"감사한 마음으로 초대에 응할게요."

"그럼 제가 김 작가님 옆에 앉겠습니다!"

여직원 중 한 명이 손을 번쩍 들며 소리쳤다.

그 바람에 다른 직원들의 입에서 웃음이 터져 나왔다.

그때였다.

"아웅… 뭐가 이렇게 시끄러워요!"

김두찬이 사무실에 도착했을 때부터 줄곧 책상에 엎드려 자고 있던 남자가 웅얼거리며 눈을 떴다.

"저분은……?"

김두찬이 묻자 마상지가 아차! 하는 얼굴로 소개를 해줬다.

"아, 소개가 늦었네요. 이분은 하늘 섬의 마왕을 연재하고 계시는 정이 작가님이세요. 본명은 한, 정 자, 이 자 사용하시고요."

"네? 정이 작가님이요?"

김두찬이 놀라 되물었다.

안 그래도 회사까지 오는 차 안에서 정이 작가를 만나보고 싶다는 생각을 했었다.

그런데 이렇게 빨리 대면하게 될 줄은 몰랐다.

"정이 작가님, 이분은 김두찬 작가님이세요. 인터넷에서 사진 많이 보셨을 테니 얼굴은 알고 계시죠?"

"커헉! 기, 김두찬 작가님? 정말로? 레알? 실화입니까?"

한정이가 잠이 확 깬 얼굴로 의자에서 벌떡 일어났다.

그가 후다닥 달려와 김두찬의 두 손을 잡고 아래위로 격하게 흔들어댔다.

"반갑습니다, 김두찬 작가님! 실물이 훨씬 멋있으신데요? 이게 바로 현실 존잘러군요. 와아… 진짜 감탄밖에 안 나오네요. 아, 그리고 김 작가님 소설 몇 편 읽어봤어요. 최근에 읽기 시작한지라 적이랑 몽중인밖에 읽어보지 않았지만, 진짜 끝내주더라고요."

"감사해요. 저도 정이 님 웹툰을 가장 재미있게 보고 있어요."

"크윽! 찌이이잉~ 합니다!"

한정이가 감동받은 얼굴로 부르르 떨었다.

그때 마상지가 둘 사이에 끼어들었다.

"그래서 한 작가님, 다음 화 스토리는 구상하셨나요?"

"…네?"

"신나게 주무시던데 영감을 얻을 만한 꿈이라도 꾸신 거 아니셨어요?"

"그냥 오지게 자버렸습니다만……."

한정이가 마상지의 시선을 피했다.

"작가님!"

"네, 넵!"

"원고 마감까지 사흘 남았어요! 이러다 펑크 난다니까요?"

"스토리가 떠오르지 않는데 그럼 어떡합니까? 그냥 시원하게 한 주 쉬어버리는 건 어떨까요?"

"최후의 최후까지 해보고 도저히 안 될 경우엔 어쩔 수 없이 휴재해야겠지만 벌써부터 포기하는 건 일러요."

"하아, 깐깐하십니다."

한숨을 푹 쉬는 한정이에게 김두찬이 물었다.

"다음 화 스토리가 안 나오시는 모양이네요."

"네. 이건 뭐 도저히 뽑아지지가 않아요. 꽉 막힌 변기처럼 뚫리지 않습니다요."

한정이는 집에서 스토리를 구상하다가 나오는 건 없고 시간만 흘러가자 불안함이 몰려와 아예 네이브 회사로 찾아온 상황이었다.

회사에서 편집부의 도움을 받아 머리를 굴리면 뭔가라도 나오지 않을까 싶은 생각에서였다.

하지만 결과는 마찬가지였고 이제 정말 스토리가 나오지 않으면 휴재를 해야 될 위기에 놓여 버렸다.

김두찬이 불안해하는 한정이에게 말했다.

"음… 실은 제가 미리 보기까지 결제해서 전부 읽었거든요."

"와~ 그러셨어요? 영광입니다!"

"그래서 말인데, 주제넘게 참견 좀 해도 될까요?"

"참견이라 함은……?"

"다음 화 스토리 전개 말이에요. 이런 식으로 하는 게 어떨까요? 주인공이 지금 인간 여인과 사랑에 빠졌다는 걸 다른 마족들이 눈치챈 상황에서 끝났으니……."

김두찬은 즉석에서 떠오른 스토리를 줄줄 읊어댔다.

그의 이야기를 다 듣고 난 마상지의 얼굴에 화색이 돌았다.

"그거 정말 좋은데요? 어때요, 한 작가님?"

그러나 한정이는 영 못마땅한 표정이었다.

"별로인가요?"

"아니, 별로고 아니고를 떠나서… 뭔가 이건 좀 아닌 것 같단 기분이 드네요."

"아, 어느 부분이요?"

"작가님께서 대단한 분이신 건 잘 알지만… 소설가시잖아요. 웹툰 쪽은 소설과는 엄연히 다른 분야거든요. 제가 소설가로서 작가님을 존경하는 건 맞는데, 그렇다고 웹툰을 너무 쉽게 보고서 조언을 해주시는 게 아닌가 싶어서요. 소설을 잘 쓰신다고 웹툰까지 재미있게 그릴 수 있는 건 아니거든요. 두두뉴비 님이 와서 조언을 해주신다면 또 모를까."

한정이가 고개를 내저었다.

그는 충분한 재능이 있고, 인성도 괜찮은 사람이었다.

그러나 딱 한 가지 흠이라면 너무 고지식하다는 것이었다.

한정이는 자신이 한 말에 잘못이 없다고 생각했다.

한데 주변의 반응이 이상하게 싸늘해졌다.

마상지의 얼굴은 굳어버렸고, 다른 직원들은 안절부절못하며 김두찬의 눈치를 살피기 시작했다.

그 광경이 한정이의 기분을 더 상하게 만들었다.

"다들 왜 그러세요? 제가 뭐 못 할 말 한 것처럼?"

그에 마상지가 나서서 한정이에게 물었다.

"그럼 한 작가님, 만약 김 작가님께서 웹툰으로도 괜찮은 성적을 낸 경험이 있으시다고 하면 조언을 받아들이실 건가요?"

"얼마든지요."

"그게 무슨 의미가 있겠어요? 김 작가님께서 드린 조언은 똑같은데 경험의 유무에 따라 받아들이고 안 받아들이고 한다는 건 조금 편협한 생각 아닐까요?"

"저는 조언의 내용이 아니라 이 상황에 대해 말씀드리고 있는 거예요. 물론 김 작가님의 아이디어는 괜찮아요. 하지만 웹툰이라는 장르에 발을 들여놓은 적 없으신데 조언을 하는 건 조금 월권이 아닌가 싶은 거예요. 사무실에 오신 걸 보니 김 작가님 소설 중 하나가 웹툰화되는 모양인데, 연재 경험을 쌓은 뒤에 조언을 해주신다면 겸허하고 감사한 마음으로 받아들이겠지만, 지금은 아닌 것 같아요. 기분 상하셨다면 죄송해요."

한정이가 말미에 고개를 숙였다.

김두찬은 그런 한정이의 태도가 전혀 기분 나쁘지 않았다.

그건 쓸데없는 꼬장이 아니라 예술가로서의 고집과 신념 같은 것으로 받아들여졌기 때문이다.

"괜찮아요, 한 작가님."

김두찬이 손사래를 쳤다.

그때 마상지가 다시 입을 열었다.

"그런데 한 작가님, 작가님께서 모르시는 사실이 하나 있어요."

"그게 뭔데요?"

한정이가 숙였던 고개를 들고서 물었다.

"조금 전에 두두뉴비 님이 와서 조언을 한다면 들을 의향이 있다고 하셨었죠?"

"그렇죠. 그분은 한국 웹툰계에 혜성처럼 등장한 천재 작가님이잖아요. 아직 몇 화 연재되지 않았지만, 한 화, 한 화 보면서 배우는 게 정말 많아요. 저보다 데뷔가 늦은 신인이지만, 감히 제가 존경한다고 말할 수 있는 분이세요."

"그럼 얘기가 쉽겠네요."

마상지가 고개를 끄덕이자 한정이의 얼굴에 기대감이 어렸다.

"두두뉴비 님께 도움이라도 청할 셈인가요?"

"이미 받으셨어요. 도움."

"네?"

한정이가 의아해했다.

마상지는 묘한 미소를 머금고 김두찬을 가리켰다.

"김두찬 작가님께서 바로 그 두두뉴비 작가님이세요."

"······."

한정이는 순간 마상지의 말을 제대로 이해하지 못하고 있다가.

"······?!"

눈을 크게 뜨고 비틀거렸다.

그가 쿵쾅거리며 뛰는 가슴을 지그시 내리누르고서 고개를 개처럼 마구 털었다.

그러고는 떨리는 음성으로 물었다.

"기, 김두찬 작가님께서 두두뉴비 님이시라고요?"

마상지가 김두찬을 바라보며 빙긋 웃었다.

김두찬은 엉겁결에 대답을 했다.

"아… 네."

"정말이에요? 레알로다가?"

"네."

"아니, 근데 왜… 본명을 사용하지 않고 필명을 사용하신 건지······?"

"제 네임 밸류 없이 신인의 마음으로 도전하고 싶어서 그랬어요."

"네에?!"

한정이가 기겁했다.

김두찬은 방금 자신의 말이 또 한정이의 심기를 건드린 건가 싶었다.

한데 정반대였다.

한정이의 두 눈이 별을 박아놓은 듯 반짝였다.

그가 김두찬을 와락 껴안고서 얼굴을 마구 비벼댔다.

"대박… 진짜 대박이에요, 작가님!"

한정이의 행동이 부담스러운 김두찬이 그를 살짝 떼어냈다.

"갑자기 왜 이러시는지?"

"그렇잖아요! 자신의 네임 밸류를 버리고 신인으로서 발을 들이는 도전 정신이라니! 정말 존경스럽습니다, 김두찬 작가님!"

김두찬은 황당했다.

조금 전까지만 해도 불쾌한 티를 팍팍 내던 이의 태도가 갑자기 돌변해 버리니 누구라도 황당할 만했다.

김두찬이 마상지를 바라봤다.

그러자 그녀가 눈빛으로 대답했다.

'원래 그런 분이세요.'

한정이는 김두찬이 황당해하든 말든 자기 할 말만 계속 늘어놓았다.

"제가 정말 실례를 범했습니다, 두두뉴비! 아니, 김 작가님! 세상은 넓고 고수는 많다더니… 제 부족한 안목과 식견이 부끄러울 따름입니다."

"아뇨… 그렇게까지 말씀하실 필요는……."

"쉽게 갈 수 있는 길을 버리고 어렵게 돌아갔음에도 이토록 대단한 성과를 거두시다니요."

한정이가 두 주먹을 불끈 쥐었다.

"김 작가님의 조언, 백 퍼센트 받들겠습니다. 아울러 이번 화스토리 자문 및 도움에 김 작가님 이름을 꼭 올리겠습니다!"

"그러지 않으셔도 괜찮아요."

"아닙니다! 그럼 전 당장 작업에 들어가보도록 하겠습니다!"

한정이가 후다닥 자기 자리로 달려가 태블릿을 집어 들었다.

그리고 김두찬이 말한 스토리대로 콘티를 짜기 시작했다.

김두찬이 멍한 얼굴로 그 모습을 보고 있자니 마상지가 피식 웃으며 말했다.

"한 작가님 되게 특이하죠?"

"특이한 정도가 아닌데요?"

"맞아요. 괴짜죠. 저렇게 작업에 들어가면 옆에서 누가 아무리 떠들어대도 듣지 못해요. 며칠이건 작업이 끝날 때까지 엉덩이를 떼지 않을 거예요."

"집중력이 대단하네요."

"아무튼 그 대단한 한 작가님한테 시원하게 한 방 먹이셨네요?"

"그냥 작은 해프닝이죠 뭐."

김두찬이 머리를 긁적였다.

그때 시스템 메시지가 나타났다.

[한정이와 합작을 하게 됐습니다. 같은 분야에서 일을 하는 사람으로 사단 영입이 가능하나, 신뢰도가 80이 넘어야 합니다.]

한정이가 김두찬이 조언을 해준 스토리로 그림을 그리게 되어 사단 영입 조건을 충족한 것이다.

그러나 신뢰도가 80 미만이라 사단으로 받아들일 수는 없었다.

'나쁘지 않은데?'

김두찬의 마지막 퀘스트는 사단의 인원을 10명으로 늘리라는 것이다.

이것은 단순히 퀘스트 이상의 의미가 있었다.

그 보상이 인생 역전의 엔딩이라는 것도 그렇지만, 또 하나.

든든한 사단을 꾸려놓으면 인생 역전이 끝난 이후에도 김두찬의 앞길이 더욱 수월해질 터였다.

'아마 마지막 퀘스트의 목적도 내 홀로 서기를 더욱 도와주기 위한 것일 테지.'

인생 역전은 단 한 번도 김두찬에게 도움이 되지 않는 퀘스트를 준 적이 없었다.

돌이켜 생각해 보면 김두찬의 빠른 성장은 퀘스트와 보너스 미션도 크게 한몫을 해왔었다.

"그럼 김 작가님, 다음 화 업로드에 맞춰서 닉네임을 본명으로 바꾸도록 할게요."

"네, 그렇게 해주세요. 저는 그럼 저녁 일정이 따로 있어서 그만 가볼게요."

"먼 길 오느라 고생하셨어요. 살펴 들어가세요."

"조심히 가세요, 작가님!"

"내일 뒤풀이 자리 꼭 오셔야 합니다!"

"앞으로도 잘 부탁드릴게요!"

김두찬이 떠나려 하자 모든 직원들이 일어나 공손하게 인사를 건넸다.

김두찬은 그들 한 명, 한 명의 인사를 전부 받아주고서는 사무실을 나섰다.

＊　　　＊　　　＊

뷰티연의 사무실에 도착한 김두찬은 바로 화보 촬영에 들어갔다.

현장에서 스태프들을 지휘하는 정미연은 그 어느 때보다도 활기차 보였다.

자신의 이름을 내건 잡지가 출간을 앞두고 있으니 절로 마음이 설렌 까닭이었다.

이른 저녁 무렵 시작된 촬영은 밤 10시가 되어서야 끝을 맺었다.

모델이 김두찬이다 보니 네 시간이 넘게 찍힌 수천 장의 사진들은 하나하나가 작품이었다.

"으으, 전부 다 잘 나온 것 같은데 이 중에서 어떤 걸 골라야 한담."

뷰티미닷컴에서 촬영을 담당하고 있는 이현지는 벌써부터 심각한 고민에 빠졌다.

이 바닥에서 제법 잔뼈가 굵은 그녀는 최고의 사진을 골라내는 데 탁월한 눈을 가졌다.

그런데 김두찬을 촬영하기만 하면 한숨이 늘곤 했다.

"다 좋으면 아무거나 골라."

이현지의 곁으로 다가와서 모니터를 살펴보던 정미연이 말했다.

"안 돼요. 이 중에서도 S급 사진을 골라낼 거예요."

"오늘 야근하겠네?"

"해서라도 찾아야죠. 밤새우고 들어갈 것 같으니까 내일은 나 찾지 말아줘요."

"응~ 푹 쉬어요. 파이팅!"

이현지를 응원한 정미연이 손뼉을 쳤다.

짝짝!

"자, 스태프분들 현장 정리 부지런히 하시고, 정리 끝나는 대로 알아서 퇴근하세요!"

"수고하셨습니다!"

"수고하셨어요!"

스태프들과 인사를 나눈 정미연은 김두찬에게 다가와 팔짱을 꼈다.

"오늘 정말 멋있었어, 자기."

김두찬은 촬영 때 입은 수트를 여전히 걸치고 있었다.

본인의 옷으로 환복하려 했는데, 정미연이 선물이라며 건넨 것이다.

워낙 훤칠한 키에 옷의 핏이 제대로 사는 아름다운 몸매를 갖고 있는 김두찬인지라 명품 수트가 빛을 발했다.

다들 정미연과 함께 촬영장을 빠져나가는 김두찬의 뒷모습에서 눈을 떼지 못했다.

*　　　　*　　　　*

"자기, 배고프지? 어디로 갈까? 먹고 싶은 거 있어요? 오늘 고생했으니까 다 사 줄게."

엘리베이터를 타고 주차장으로 내려서며 정미연이 물었다.

"아무거나 다 좋아."

"그럼 소고기에 한잔 어때?"

"콜."

"후훗."

정미연은 김두찬과 데이트를 할 생각에 벌써부터 기분이 좋았다.

두 사람은 정미연의 차에 몸을 실었다.

김두찬은 매니저 장대찬을 돌려보냈다.

이제부터는 개인적인 시간이니 장대찬을 쉬게 해주고 싶었기 때문이다.

운전대를 잡은 정미연이 시원하게 차를 몰아 주차장을 벗어났다.

그때 정미연을 보고 있는 김두찬의 시야에 또다시 시스템 메시지가 나타났다.

[정미연과 합작을 하게 됐습니다. 같은 분야에서 일을 하는 사람으로 사단 영입이 가능하나, 신뢰도가 80이 넘어야 합니다.]

'아… 맞다. 미연이랑은 늘 합작을 하고 있었지.'

정미연 역시 예술적 감각이 필요한 분야에서 일을 하고 있다.

거기다 김두찬은 정미연의 회사 소속 모델로서 늘 함께 촬영 작업을 하고 있으니 사단 퀘스트의 필요 조건이 완벽히 충족된다.

시스템 메시지는 계속해서 떠올랐다.

[정미연의 신뢰도가 80을 넘었습니다. 정미연을 김두찬 님의 사단으로 영입할 수 있습니다. 그녀를 사단으로 인정하시겠습니까? YES/NO]

정미연은 김두찬의 연인이자 그를 가장 신뢰하는 파트너였다.

김두찬에 대한 그녀의 신뢰도는 이미 오래전에 최고치를 찍었다.

'등잔 밑이 어두웠어.'

하마터면 김두찬에게 제일 소중한 사람을 사단으로 들이지 못할 뻔했다.

물론 퀘스트가 끝난다고 해서 마음에 드는 사람을 사단으로 받아들일 수 없는 건 아니었다.

하지만 퀘스트 진행 시에 받아들인 이들은 앞으로 무슨 일이 있어도 평생 김두찬의 편이 되어준다는 보장이 생긴다.

'아니, 미연 씨한테는 그런 보장이 굳이 필요 없지.'

그녀는 김두찬을 등지지 않을 거라는 믿음이 있었다.

김두찬이 먼저 그녀에게 등을 지지 않는다면 말이다.

그럼에도 불구하고 김두찬은 지금 그녀를 사단으로 받아들이고 싶었다.

정미연과는 평생을 함께하고 싶었고, 대답에 망설임은 없었다.

'YES.'

[정미연은 김두찬 님의 사단이 되었습니다. 그녀는 절대로 김두찬 님을 배신하지 않을 겁니다.]

[김두찬 사단을 만들어라: 9/10—서로아, 주화란, 채소다, 정태조, 홍근원, 이은정, 정지호, 김두리, 정미연.]

[보너스 보상: 인생 역전의 엔딩.]

김두찬 사단의 아홉 번째 멤버는 정미연이 되었다.

남은 멤버는 이제 한 명이었다.

Liking 110
선택의 이유

그날 밤.

김두찬은 꿈을 꾸었다.

꿈속에서 그는 본신의 모습을 한 로나와 만났다.

로나는 언제 봐도 눈이 부시게 아름다웠다.

"요새는 이런 식으로 자주 만나네?"

김두찬이 로나를 반겼다.

"반가우신가요?"

"반갑지 않을 리가. 오늘은 무슨 일이야? 저번처럼 그냥 이야기나 하자고?"

로나는 김두찬의 물음에 대답하지 않고 다른 말을 해댔다.

"이제 한 명만 더 받아들이면 사단 퀘스트가 끝이 나요."

"응, 그렇지."

"기분이 어때요?"

"흠."

김두찬은 그동안 해왔던 게임들을 떠올렸다.

혼자 노는 것을 좋아했던 김두찬은 살아오면서 숱한 게임을 접했고, 대부분 엔딩을 봤었다.

그때마다 김두찬이 느꼈던 감정은 시원섭섭함이었다.

하지만 인생 역전은 달랐다.

시원함은 전혀 없이 그저 섭섭할 것만 같았다.

"솔직히 얘기하면 난 이 게임이 끝나지 않았으면 좋겠어."

"저도 그랬으면 좋겠어요. 하지만 게임은 끝나야 해요."

"이 게임에 왜 엔딩을 만들어놓은 거야? 이런 급한 엔딩이 있어야 하는 이유가 뭐야? 네가 만든 게임이니까 그 이유도 너한테서 들을 수 있겠지."

김두찬의 음성엔 로나에 대한 서운함이 담겨 있었다.

어차피 인생 역전은 로나가 만든 게임이다.

때문에 이 게임에 엔딩을 만들어놓은 그녀가 원망스러웠다.

"그 엔딩… 바꿀 수는 없는 거야?"

지금까지 김두찬은 로나의 인생 역전으로 인해 많은 도움을 받았다.

하지만 받기만 했을 뿐, 정작 로나에게 해준 건 아무것도 없었다.

그런데 게임의 엔딩을 보게 되는 순간 이별을 해야 한다는 사실이 견디기 힘들었다.

"난 너한테 갚아야 할 것들이 너무 많아. 그리고 무엇보다⋯ 너와 이별하기 싫어."

로나가 김두찬의 얼굴을 천천히 쓰다듬었다.

"말했잖아요. 어떤 형태로든 두찬 님의 곁에 남게 될 거라고."

"또 수수께끼 같은 말들만⋯⋯."

"그리고 저는 두찬 님께 이미 많은 걸 받았답니다."

"나한테⋯⋯?"

"저뿐만 아니라 많은 사람들이 두찬 님께 신세를 졌답니다."

"무슨 소리를 하는 건지⋯ 나는 로나한테 아무것도 해준 게 없어. 많은 사람들이 내 신세를 졌다는 건 또 뭐야?"

"두찬 님, 제가 두찬 님을 인생 역전의 플레이어로 선택했다고 말했었죠?"

"응."

"그럴 수밖에 없었어요. 다른 사람은 인생 역전의 플레이어가 되지 못할 테니까요."

"어째서?"

"인생 역전은 애초부터 두찬 님을 위해서 만들어진 게임이 거든요."

"나를 위해서?"

"더 정확하게는 지구라는 이 세상에서 지내야 할 두찬 님의 '행복한 삶'을 위해서죠."

말을 하는 로나의 얼굴이 사뭇 진지해졌다.

김두찬은 그녀가 여태껏 알려주지 않았던 비밀에 대해 입을 열고자 한다는 걸 눈치챘다.

"말해줘, 로나. 인생 역전이 왜 나를 위해서 만들어진 건지, 무엇 때문에 나를 행복하게 만들어주려는 건지."

로나가 희미하게 미소 지으며 물었다.

"두찬 님께서는 전생을 믿으시나요?"

"전생?"

"네."

잠시 생각하던 김두찬이 고개를 끄덕였다.

그는 전생이라는 것에 대해 심각하게 고민한 적은 없었다.

하지만 그렇다고 전생이 없다고도 여기지 않았다.

"두찬 님과 저는 전생의 연으로 맺어진 사이랍니다."

"전생에… 우리가 어떤 연이었는데?"

"같은 행성에 사는 사람이었죠. 그리고 재미있게도 지금 두 찬 님께는 전생이 되었지만 저에게는 아직 현생이기도 하답니다."

로나의 말은 그 뜻을 헤아리기가 조금 난해했다.

김두찬의 고개가 절로 갸웃거렸다.

그러면서도 머릿속은 그녀의 말이 무얼 뜻하는지 파악하기 위해 분주히 돌아갔다.

이윽고 짧게 정리된 하나의 결론이 도출되었다.

"그러니까… 로나, 나는 지금 전생의 삶이 끝나고 지구의 인간으로 환생을 해 살아가고 있다는 거지?"

"네."

"그런데 로나는 내가 전생에서 연을 맺고 살아가던 그 모습 그대로 아직 살아 있는 거고."

"비슷하답니다."

"내가 언제 죽은 거야?"

"지금으로부터 700년 전쯤 되겠네요."

"그럼… 로나가 지금 700년이 넘게 살아가고 있다는 말이야? 르위느 종족은 평균 수명이 한 1,000년쯤 되는 거야?"

"아뇨, 500년쯤 되겠네요."

"그런데 어떻게 여태 살아 있을 수가 있어?"

"편법을 조금 사용했답니다. 우리가 살던 마르키아 행성은 마법과 과학이 고루 발달했던 곳이었죠. 두 가지의 힘을 이용하면 정해진 수명을 넘어 이렇게 두찬 님과 교류하는 것이 가능하답니다."

"…내 지식으로는 도저히 이해가 안 되는 말이야."

"지구인들은 고정관념이라는 틀에 박혀 살아가니까요."

"그럼 로나와 나는 전생에 어떤 사이였지?"

"같은 행성의 같은 종족이었답니다."

"…나도 르위느 종족이었다고?"

생각지도 못했던 말에 김두찬은 뒤통수를 세게 얻어맞은 것 같은 충격을 받았다.

로나는 놀란 김두찬을 보며 아련한 얼굴로 고개를 끄덕였다.

"네, 그것도 모든 이들에게 사랑을 받는, 그런 멋지고 어진 분이셨어요."

"내가 전생에 외계인이었다니……."

게다가 멋지고 어질기까지 해서 모든 이에게 사랑을 받는 이였다고 한다.

김두찬은 그 사실을 선뜻 받아들이기 힘들었다.

도통 실감이 나지 않았다.

그러나 로나의 말을 믿지 않는 건 아니었다.

그녀는 말을 안 하면 안 했지, 거짓을 말하는 경우는 없었기 때문이다.

무엇보다 김두찬은 로나를 맹신하고 있었다.

"그런데 왜 나는 지구인으로 환생했고 로나는 아직 그대로 인 거야?"

"그대로인 건 아니랍니다. 저에게도 변화가 있었답니다. 사실 우리가 살던 마르키아 행성은 이미 우주에 존재하지 않는 답니다."

"어째서?"

"운석이 떨어져 모든 것을 파멸시켰답니다."

"운석? 혹시……!"

김두찬의 경악성을 내질렀다.

반면 로나는 차분하게 그의 짐작을 긍정했다.

"맞답니다. 두찬 님께서 언젠가 꿈속에서 봤던 그 광경은 두찬 님께서 환생하며 모두 잊어버렸던 전생의 기억 중 일부 랍니다."

"아아."

김두찬의 머릿속에서 얼마 전 꾸었던 꿈속 광경이 생생하게 떠올랐다.

어두운 밤하늘을 비추는 푸른 달과 붉은 달.

그 두 개의 달 사이로 대기를 찢으며 떨어져 내리는 운석.

그걸 김두찬은 절망스러운 얼굴로 쳐다보고 있었다.

"끝까지 막아!"

꿈속에서 김두찬이 들었던 유일한 언어였다.

지구에는 존재하지 않는, 그러나 듣는 순간 전부 이해할 수 있었던 기이한 언어.

순간 김두찬은 하늘로 솟구쳤고 꿈은 거기에서 끝이 났었다.

'그것들이 단순한 꿈이 아니었다니.'

기막힌 사실에 김두찬은 어안이 벙벙했다.

한데 그때였다.

"…아!"

잊고 있던 전생의 편린 하나가 수면 위로 떠올랐다.

그것은 꿈속에서 봤던 전생의 기억을 보완해 주고 있었다.

"끝까지 막아야 돼!"

그것이었다.

김두찬이 들었던 음성은 '끝까지 막아!'가 아니라 '끝까지 막아야 돼!'였다.

그게 정확한 기억이었다.

왜곡되었던 기억이 보완되며 또 다른 사실이 드러났다.

끝까지 막아야 한다고 소리를 지른 이는 다름 아닌 김두찬 본인이었다.

다른 이들은 그 누구도 운석을 막을 생각 따위 하지 않았다.

이유가 무언지는 알 수 없었다.

다들 평안한 얼굴로 대기를 뚫고 들어오는 절망의 불덩어리를 그저 보고만 있었다.

김두찬은 홀로 그 운석을 막기 위해 날아올랐다.

운석의 뜨거운 열기가 김두찬을 감싸안았다.

그는 운석 안에 가득 담겨 있는 정체 모를 부정한 기운을 느꼈다.

그리고 그것을 전부 자신의 안으로 빨아들였다.

부정한 기운이 김두찬의 몸 안으로 들어오자 맑고 깨끗했던 그의 영혼이 탁해져 갔다.

그제야 죽음을 받아들이듯 평온한 얼굴로 상황을 지켜보던 다른 이들의 얼굴에 공포가 어렸다.

"으, 으아아아아아아아!"

김두찬이 부정한 기운을 전부 흡수하는 순간!

콰아아아아아앙!

운석은 김두찬의 육신을 짓이기며 대지에 충돌했다.

"허억! 헉!"

전생의 기억에서 빠져나온 김두찬이 거친 숨을 몰아쉬었다. 그런 김두찬의 등을 로나가 천천히 쓸어내려 주었다.

김두찬은 식은땀을 뻘뻘 흘리며 믿을 수 없다는 듯 중얼댔다.

"그게… 나였어. 막아야 한다고 소리쳤던 사람이 나였어."

아울러 그가 막아야 한다고 했던 건 운석 그 자체가 아니었다.

운석 안에 가득 갈무리되어 있는 부정한 기운이었다.

운석이 대지에 충돌해 폭발하는 순간, 안에 있던 부정한 기운은 사위로 퍼져 나가 삽시간에 마르키아 행성 전체를 덮칠 것이 분명했다.

그렇게 되면 르위느 종족은 전부 부정한 기운에 노출되어 영혼이 오염되고 만다.

그것은 르위느 종족에게 있어 가장 두려운 일이었다.

김두찬은 이를 막기 위해 자신을 희생한 것이다.

운석 안에 부정한 기운을 전부 스스로의 영혼에 갈무리시켰다.

'영혼의 타락. 그게 왜 이들에게 그토록 중요한 문제인 거지?'

르위느 종족은 육신이 파멸할 위기 앞에서도 초연했다. 그런데 영혼의 타락 앞에서는 지독한 공포를 느끼고 있었다.

지구에서 현대사회를 살아가는 김두찬은 실체가 보이지도 않는 영혼보다는 육신의 보전이 우선이었다.

하지만 르위느 종족은 그 반대였다.

이유가 무엇인지까지는 알 수 없었다.

겨우 마음을 진정시킨 김두찬이 로나를 바라봤다.

그녀 역시도 김두찬의 의문에 대한 해답을 당장은 줄 것 같지 않았다.

대신.

"제가 굳이 알려 드리지 않아도 이제 곧 하나하나 전생의 기억들이 깨어날 거랍니다."

스스로 알게 될 것이라는 말을 해주는 로나였다.

"로나, 그럼… 난 그렇게 죽어버린 거야?"

로나가 씁쓸한 미소를 지었다.

"네, 하지만 두찬 님의 희생으로 다른 르위느 종족들은 영혼을 구원받을 수 있었답니다. 운석은 행성을 파멸의 길로 몰아갔답니다. 충돌 당시의 충격파에 반이 넘는 르위느 종족은 죽음을 맞았죠. 물론 살아남은 사람들도 오늘내일하는 경우가 태반이었어요. 상태가 그다지 좋지 못했죠. 저는 그들을 한데 모아 인생 역전의 게임을 만들기 시작했답니다. 그들은 목숨이 다하는 순간까지 절 도와주었고, 드디어 아슬아슬한 순간에 게임은 완성이 되었죠. 저는 두찬 님께서 다시 환생하는 그때만을 기다려 왔답니다."

"그래서… 내가 태어나자마자 인생 역전의 플레이어로 선정했다?"

"아니요. 태어나자마자 두찬 님의 기운을 포착하는 건 어려운 일이었답니다. 두찬 님이 환생하시고 나서 찾는 데만 무려 20년이 걸렸으니까요."

그랬다.

김두찬이 인생 역전에 접속하게 된 건, 스무 살이 된 이번 년도 봄이었다.

"제가 늦게 찾는 바람에 겪지 않아도 될 고통을 20년 동안이나 겪게 되신 것이죠."

김두찬이 지금까지의 이야기를 정리해 보았다.

"요약하자면 난 전생에 로나와 같은 마르키아 행성 르위느 종족이었고, 동료들을 구하기 위해 희생을 한 대가로 이번 생에서 인생 역전의 플레이어가 되었다는 거지?"

"네, 인생 역전 자체가 희생에 대한 보상이랍니다. 많은 이들의 영혼을 구한 대가로 스스로의 영혼이 탁해진 김두찬 님은 환생하는 순간부터 불운한 인생을 살게 될 수밖에 없었답니다."

로나의 그 말이 김두찬의 머릿속을 마구 헤집고 다니더니 또 하나의 봉인된 기억을 터뜨렸다.

"그래… 르위느 종족은… 육신보다 영혼을 중시하는 이들이었어. 육신은 시간의 흐름을 거역하지 못하고 결국 늙어 죽어가지만 영혼은 그렇지 않지. 맑은 영혼을 가지고 있다면 이번 생에 육신이 힘을 잃어 죽더라도 다음 생에서는 얼마든지 좋은 삶을 살 수 있어."

끼리끼리 논다고 했다.

맑은 영혼의 소유자는 맑고 좋은 기운이 가득한 곳의 자녀로 다시 태어나게 된다. 그곳이 어느 행성이든, 우주의 어느 종족이든 상관이 없었다.

중요한 것은 르위느 종족은 모두 맑은 영혼을 가진 이들이었고 그 영혼이 탁해지지만 않는다면 다음 생에서도 행복한 삶을 살게 된다는 걸 알고 있다는 것이었다.

그래서 운석이 충돌하는 순간에도 전부 초연할 수가 있었다. 그들에게 육신의 소멸은 단지 이번 생이 끝나는 것일 뿐, 모든 것이 영원히 끝나는 게 아니기 때문이었다.

하지만 운석 안에 가득한 부정한 기운을 눈치챘을 때는 하나같이 공포에 떨었다.

"그랬구나."

김두찬은 부정한 기운을 자신의 영혼에 전부 갈무리했고, 그 바람에 혼이 탁해졌다.

그래서 살아남은 르위느 종족은 김두찬의 다음 생이 결코

평탄치 못할 것이라 생각했다.

그들의 짐작은 맞았다.

실제로 김두찬은 지구에서 태어나 살아가는 20년 동안 가족에게도 제대로 사람 취급 받지 못하는 나날을 보내야 했으니.

그는 모든 부정적인 기운을 가득 안고 태어나 살아가게 된 것이다.

인생 역전은 혼자서 희생을 해 다음 생이 힘들 김두찬을 위해 로나의 주도하에 르위느 종족들이 만든 게임이었다.

그리고 로나는 조금 늦었지만 김두찬을 찾아냈다.

이후로 김두찬의 엉망이었던 인생을 빠르게 바꿔 나갔다.

"그것으로도 전… 아니, 우리는 당신에게 받은 은혜를 다 갚을 수 없어요. 당신 덕분에 모든 이들의 영혼이 구원받았으니까요."

"자, 잠깐! 그럼 그 운석은 뭐야? 운석 자체에 그런 부정한 기운이 저절로 생겨날 리 없잖아. 누군가 악심을 품고 운석에 그런 기운을 담아 쏘아 보낸… 윽."

김두찬이 눈을 질끈 감고 두 손으로 머리를 움켜쥐었다.

골이 깨질 듯 아파왔다.

로나가 그런 김두찬을 품 안에 꼭 안아주었다.

"더는 억지로 생각하려 하지 말아요. 그렇게 애쓰지 않아도 곧 전부 알게 될 거랍니다."

그때였다.

급격한 두통으로 정신이 없는 와중에 김두찬은 무언가를 더 기억해 냈다.

그가 고개를 들어 홉떠진 눈으로 로나를 바라봤다.

"로, 로나… 너, 너……."

무슨 말을 더 하려는 김두찬에게 로나는 웃음을 지으며 멀찍이 떨어졌다.

"이제 잠에서 깰 시간이랍니다."

"너……."

"김두찬 님을 인생 역전의 플레이어로 선택한 이유, 이제는 확실히 알게 되셨죠?"

거기까지 말한 로나가 빙글 뒤돌아섰다.

그러자 아름다운 빛이 로나의 전신에서 뿜어져 나왔다.

그녀의 오른쪽 등에 박힌 초승달 모양의 푸른 반점이 유난히 더 김두찬의 눈에 깊이 들어왔다.

"즐거운 하루 되시어요, 두찬 님."

로나의 아침 인사와 함께 김두찬은 침대 위에서 눈을 떴다.

Liking 111

12월의 마지막 날

잠에서 깬 김두찬은 먹먹한 가슴을 움켜쥐었다.

아직 해가 뜨지도 않은 시간.

어둠 속에서 한참 동안 마음을 가라앉힌 김두찬이 로나를 불렀다.

'로나.'

혹시라도 그녀가 대답을 하지 않으면 어쩌나 김두찬은 걱정했다.

그러나 기우였다.

─부르셨나요?

'있었구나.'

―인생 역전이 끝나지 않았는걸요. 저는 그 전까지 어디에도 가지 않는답니다. 하지만 조금 피곤하네요.

'피곤하다고? 그런 적 없었잖아.'

―에너지가 거의 다 소모되었다는 방증이랍니다. 특히 두찬 님의 꿈속에서 본신의 형태를 취하고 있을 땐 더더욱 에너지가 빨리 소모된답니다.

'로나… 지금 넌 살아 있는 게 아닌 거지?'

김두찬은 전생의 기억 속에서 운석이 마르키아 행성에 충돌하는 걸 똑똑히 봤다.

이미 그 행성은 회생 불가였다.

행성이 파괴되는데 거기에 살고 있는 사람들이라고 살아남을 리 없었다.

로나 역시 결국에 죽음을 맞았을 것이다.

그런데 로나는 인생 역전 속에서 김두찬과 조우하고 있는 상황이었다.

김두찬의 물음에 로나는 순순히 대답했다.

―맞아요. 저는 이미 오래전에 죽었답니다.

'그럼 지금 나와 대화하고 있는 넌… 어떻게 설명해야 돼?'

―이것은 제가 만든 게임 속에 프로그래밍된 가상의 로나랍니다. 제 생전의 기억은 물론 성격과 의지까지 모두 고스란

히 옮겨진 허상이죠. 하지만 마냥 허상이라고만은 할 수 없답니다. 육신과 영혼만 없을 뿐, 살아생전의 저와 모든 것이 똑같기 때문이랍니다.

김두찬은 로나의 말을 이해할 듯하면서도 이해하기가 힘들었다. 어찌 되었든 확실한 건 로나는 이미 오래전에 죽은 사람이라는 것이다. 지금까지 김두찬을 상대했던 건 게임 속에 프로그래밍된 가상의 인물이었다.

'넌 NPC 같은 존재였구나.'

─말씀드렸다시피 단순한 NPC와는 본질적으로 다르답니다.

'음… 알았어. 여전히 이해는 잘 안 가지만. 어쨌든 그럼 이 게임은 어차피 영원히 지속될 수 없었던 거였네.'

─맞아요. 기껏해야 앞으로 두 달 정도 더 유지될 수 있었겠죠. 하지만 두찬 님께서는 모든 퀘스트를 훌륭하게 클리어하셨고, 마지막 단계까지 무사히 도착하셨답니다. 충분히 축하를 받으실 일이에요.

'에너지가 전부 소모되기 전까지 퀘스트를 전부 클리어 못했다면?'

지금까지 김두찬은 총 열 개의 퀘스트를 받았다.

그중 아홉 개의 퀘스트를 클리어하고서 이제 마지막 퀘스트를 남겨두고 있는 상황이었다.

─만약 제한 시간이 다가오고 있는데 이제 겨우 여덟 번째의 퀘스트를 진행하고 있었다면… 그게 마지막 퀘스트로 바뀌었겠죠. 그렇게 되면 당연히 하트의 다섯 조각 역시 다 채우지 못했겠죠?

김두찬이 자신의 오른 손등을 바라봤다.

거기엔 다섯 조각의 하트가 보였다.

그중 네 개는 붉은 색이 채워져 있었고, 한 개는 텅 비어 있었다.

─다섯 개의 하트를 전부 채우면 큰 보상이 주어진다는 걸 아시죠?

'알고 있어.'

─네. 모든 퀘스트를 완료하지 못하고 엔딩을 맞게 될 시, 그 큰 보상을 받지 못하게 된답니다.

'퀘스트를 더 많이 수행하지 못함으로써 얻지 못하게 되는 것들이 그대로 페널티가 되어버리는 격이군.'

─맞아요.

'후, 아무튼 수긍됐어. 엔딩이 있을 수밖에 없는 게임이었다는 거.'

─그렇다니 다행이네요. 그럼 저는 남아 있는 에너지를 아끼기 위해 잠시 잠이 들 예정이랍니다.

로나가 보기에 김두찬은 퀘스트를 12월의 마지막 날 클리어할 게 분명했다.

때문에 그때까지 버틸 수 있도록 잠시 잠에 빠져들어 에너지를 아끼려는 셈이었다.

'네가 잠들면… 저번처럼 포인트 시스템을 사용할 수 없게 되는 거야?'

―그렇답니다. 사람들의 호감도와 진심도가 보이지 않고, 직접 포인트와 간접 포인트도 적립되지 않을 거랍니다. 하지만 퀘스트는 진행이 가능하니 특별히 불편한 일은 없을 거예요. 그리고 이제 곧 인생 역전이 끝나니, 두찬 님의 현실 생활 적응을 위해서도 미리 제가 잠든 상황을 한 번 더 겪으시는 게 좋을 것 같답니다.

'네 말이 맞아. 알았어. 푹 자도록 해. 근데 로나, 한 가지만 더 물어봐도 될까?'

그러나 로나에게서는 더 이상 대답이 들려오지 않았다.

이미 잠에 빠져든 모양이었다.

결국 김두찬은 아무도 없는 허공에다 하려던 질문을 던지게 되었다.

"전생에서 너와 나… 사랑하는 연인 사이였더라. 이거, 내 기억이 잘못된 건 아니지?"

공허한 물음은 바람처럼 흩어졌다.

하룻밤 사이 김두찬은 너무 많은 것을 알아버렸다.

로나는 잠이 들었고, 시간은 또다시 흘러가고 있었다.

*   *   *

열흘간 김두찬은 자신의 위치에서 해야 할 일들만을 해나가며 시간을 보냈다.

웹툰을 그렸고, 신작 소설을 준비했다.

화보 촬영과 인터뷰 요청에도 성실히 응해주었다.

물론 그러는 와중에도 김두찬 사단의 마지막 멤버로 누굴 영입하면 좋을지에 대해서 꾸준히 생각했다.

현재로서 가장 좋은 후보는 천재 웹툰 작가 한정이였다.

한정이는 김두찬이 도와준 스토리로 웹툰을 진행해서 합작의 조건이 완료되었기 때문이다.

아울러 김두찬은 한정이를 좋게 보고 있었다.

고지식한 면이 없잖아 있었지만, 그래서 더더욱 자신의 분야에서 최선을 다할 수 있는 것 같았다.

예술가가 그 정도 고집은 있어도 괜찮았다.

하지만 김두찬에 대한 한정이의 신뢰도는 아직 80이 넘지 않았다.

신뢰도라는 것이 수치로 눈에 보이는 것은 아니다.

그러나 80이 넘게 되면 저절로 그를 사단에 영입할 것이냐는 시스템 메시지가 나타난다.

여태 그 시스템 메시지는 떠오르지 않았다.

오늘은 12월 30일.

이제 12월의 마지막 날을 하루 남겨두고 있었다.

김두찬은 어젯밤을 꼬박 새우고서 웹툰을 40화까지 완성시켰다.

실로 어마어마한 속도였다.

게다가 신작 소설 역시 꾸준히 집필 중이었다.

제목은 아직 정해지지 않았지만 그 내용은 김두찬 스스로의 자전적 이야기를 담고 있었다.

타타탁! 타타타탁!

키보드 위에 놓인 김두찬의 손가락이 그 어느 때보다 경쾌하게 움직였다. 아무래도 자신의 이야기를 적어나가는 것이니 글이 더더욱 잘 나왔다.

한참 집필에 집중하고 있는 김두찬은 스마트폰의 진동 소리에 손을 멈췄다.

"응?"

전화를 건 사람은 송하연 작가였다.

진주 찾기라는 프로그램으로 김두찬의 얼굴이 공중파를 타는 데 도움을 준 여인이었다.

그녀는 원래 예능국 작가였는데, 윗선에게 밉보여 시사 프로그램 분야로 좌천되었었다.

그러다 다시 예능국에 복귀한 후 만든 첫 프로그램에 김두찬이 잠깐 출연해서 도움을 준 적이 있었다.

그날 이후 도통 서로 연락을 못 했던 두 사람이었다.

김두찬이 반가운 마음으로 전화를 받았다.

"여보세요."

─작가님! 잘 지내셨어요?

"송 작가님, 오래간만이네요. 예능국 생활은 어떠세요?"

─물 만났죠, 뭐. 그런데 저보다 작가님이 더 날라 다니시던데요? 이제는 미국까지 가서 휘저어놓고 오시고 말이에요.

"하하, 어쩌다 보니 그렇게 됐어요."

─작가님, 요새 바쁘세요?

"그렇게 바쁘지는 않아요."

─잘됐다. 그럼 저랑 새로운 프로그램 하나 맡아서 해보시겠어요?

송하연은 말을 빙빙 돌리지 않고 본론부터 꺼냈다.

시원시원한 성격은 여전했다.

"프로그램이라니요? 전 방송에 대해서 잘 모르는데요."

─모르셔도 돼요! 작가님께서는 그냥 10분짜리 단편 대본들만 재미있게 써주시면 되거든요. 일주일에 두 편이면 되고요!

"어떤 류의 대본을 써야 하는 거죠?"

─음… 짧은 미니 드라마 형식이라고 생각하시면 편할 거예요. 드라마 장르는 코믹이든 멜로든 호러든 스릴러든 다 상관없어요. 포인트는 10분 안에 확실한 재미를 줘야 한다는 거예요. 가능하실까요? 진행비는 섭섭지 않게 잡아드릴게요!

송하연은 쉽게 말했지만 사실 쉬운 일이 아니었다.

겨우 10분짜리 드라마 안에서 확실한 재미를 주는 일은 능숙한 작가들에게도 어려운 일이었다.

차라리 분량이 더 긴 게 낫지, 짧은 시간 안에서 어떠한 형태로든 재미를 주기란 녹록지 않았다.

그러나 인생 역전으로 얻은 다양한 능력의 소유자인 김두찬에게는 큰 문제가 되지 않았다.

"가능합니다."

김두찬의 확답에 송하연의 음성이 밝아졌다.

─정말요?!

"네. 근데 상당히 급하셨나 봐요?"

─아… 하하, 티 났어요?

"어떤 콘셉트의 프로그램이에요?"

─제가 이번에 케이블 방송국으로 이적했거든요. 그래서 첫 작품은 소소하게 아이돌들 데리고 단막극 대결 같은 걸 생각하고 있어요. 그러니까 아이돌 전문 예능 같은 거죠.

"송 작가님 머리에서 나온 아이디어라고 하기에는 조금 지지부진한데요?"

―우와, 김 작가님, 독설도 하실 줄 아셨어요?

"죄송해요. 근데 안 좋은 걸 좋다고 할 수는 없어서요."

―하아, 네. 저도 인정해요. 사실 제가 하고 싶어서 하는 게 아니라 상부에서 아이돌들 가지고 이런 형태의 프로그램 만들라고 명령 내려왔어요. 일단 아이돌이 나오면 그 팬들 덕분에 어느 정도 시청률은 보장받으니까요.

송하연은 이적한 곳에서 아직 확실한 신뢰를 받지 못하고 있었다.

그래서 본인의 목소리를 내기 힘들었고, 윗선의 명령대로만 프로그램을 만들어야 했다.

송하연은 그런 자신의 상황을 김두찬에게 설명한 뒤, 한마디를 덧붙였다.

―어떻게든 이번 작품 성공시켜서 다음번에는 제 프로그램 만들 거예요. 신뢰를 얻기는 힘들어도 한번 확실히 보여주면 그다음부터는 제대로 밀어주는 곳이거든요, 여기.

"그럼 저도 힘을 보탤 수 있게 더 파이팅해야겠네요."

―저… 그래서 말인데요, 작가님. 제가 아까 호기롭게 진행비 섭섭잖게 드린다고는 했는데… 작가님께서 얼마나 많이 버시는지 대충 짐작은 하고 있거든요. 우리 쪽에서 아무리 많이 잡는다고 해도 지금 작가님 수준에서는 시시해 보일 텐데 괜

찾으시겠어요?

"고료는 크게 상관없어요. 주실 수 있는 선에서 무리하지 말고 주세요."

―작가님은 천사예요!

"원고는 언제까지 작성해서 드리면 될까요?"

―빠를수록 좋아요! 사실… 우리 자체적으로 이 문제를 해결해 보려다가 도저히 재미있는 글이 나오지 않아 작가님께 연락을 드리게 된 거거든요. 연락드리기 전까지 엄청 고민 많이 했어요.

김두찬은 지금 대한민국을 넘어 세계로 뻗어나가는 인기 작가다.

게다가 천문학적인 고료를 받고 있다.

그런 사람이 과연 이런 작은 프로에 도움을 줄까 싶은 마음에 연락이 어려웠던 것이다.

"한 시간 내로 집필해서 보낼게요."

―하, 한 시간이요?

"네, 그럼 다시 연락드릴게요."

―알겠습니다, 작가님!

Liking 112

호감 받고 성공 데!

"두찬아!"

"어……? 로미야?"

촬영장에는 남자 아이돌 세 명과 여자 아이돌 네 명이 미리 도착해 스탠바이하고 있었다.

주로미는 그 사이에서도 빛을 잃지 않는 미모를 자랑하며 김두찬에게 다가왔다.

반가운 마음에 김두찬의 손을 덥석 잡은 그녀가 아래위로 마구 흔들었다.

"이게 얼마 만이야! 거의 한 달 만이지? 그렇지?"

"벌써 그렇게 됐어?"

"그럼! 12월 초엔 내가 바빠서 학교에 못 갔고, 이후에는 방학했잖아. 나한테는 전혀 관심이 없나 봐? 섭섭하게."

주로미가 장난스럽게 김두찬의 옆구리를 쿡 찔렀다.

김두찬은 손사래를 쳤다.

"아냐~ 관심이 없기는. 여기저기서 맹활약하는 거 잘 보고 있는데."

"정말?"

"그럼."

"그럼 안심. 헤헤."

한동안 못 보다가 다시 만난 주로미의 얼굴에서는 그늘이 완전히 사라져 있었다.

"그렇게 웃으니까 보기 좋다."

김두찬의 말에 주로미가 고개를 끄덕였다.

"나도 지금 내 모습이 좋아. 그리고 이런 모습 되찾을 수 있었던 건 모두 네 덕분이야."

"내가 뭘 했다고."

"엄청 큰일 했지. 매일매일 세 편씩 올라오는 '괜찮아' 보면서 얼마나 힘이 났다고. 거짓말 같겠지만, '괜찮아'가 완결되는 순간 나도 완전히 괜찮아졌다니까?"

"다행이야, 정말."

"연애는 잘하고 있어? 언니는 여전히 바쁘지? 데이트할 시간도 별로 없겠다."

"틈틈이 얼굴 보고 그래. 바쁜 걸로 치면 너 역시도 만만치 않을 텐데 어떻게 여기에 왔어?"

주로미는 지금 대형 신인으로 급부상한 입장이었다.

뒤늦게 연예인의 길을 걸었음에도 이미 이번 해 CF퀸의 자리를 꿰찼고, 각종 드라마와 영화의 주연으로도 러브콜이 쇄도했다.

잠깐잠깐 단역으로 나온 드라마에서도 신 스틸러 소리를 들을 만큼 인상적인 연기를 선보인 것이 그녀를 확 뜨게 한 원동력이 됐다.

얼굴도 예쁜데 연기력까지 받쳐주니 못 뜨는 게 이상할 일이었다.

게다가 학교에서 은따처럼 지내왔다는 그녀의 과거사도 주로미를 알리는 데 크게 한몫을 했다.

뿐인가?

요즘 로맨스 소설계에서 가장 많은 책을 팔고 있는 주화란은 그녀의 친척 언니다.

두 여인은 서로가 서로에게 화제성을 주며 엄청난 시너지를 일으키는 중이었다.

한때 두 사람의 모습이 함께 담긴 다큐멘터리 영상을 소장

하고 있는 주로미의 팬들도 어마어마하게 많았으니 말이다.

이러한 여러 가지 이유들로 그녀의 몸값은 천정부지로 치솟았다.

때문에 잘될지 안 될지도 모를 이런 작은 예능 프로그램에 주로미가 나온다는 것이 상식적인 상황은 아니었다.

김두찬의 복잡한 머릿속과 달리 주로미의 입에서 튀어나온 대답은 간단명료했다.

"네가 참여한다 그래서 나도 하겠다고 했지!"

"어? 누가 그런 얘기를……."

"제가 했어요."

어느새 두 사람의 곁으로 다가온 송하연이 무안한 미소를 머금고 말했다.

그녀는 김두찬이 뭐라고 하기 전에 얼른 선수를 쳤다.

"김 작가님께 미리 언질 드리지 못해 죄송해요. 로미는 작가님이랑 워낙 친분이 두터우니까 작가님 얘길 하면 절 도와줄 거라고 생각했어요."

"근데… 이 프로그램은 아이돌들이 주가 되는 것이라고 하지 않으셨나요?"

"맞아요. 근데 일단 첫 화는 아이돌 팬뿐만 아니라 다른 시청자들도 많이 봐줬으면 해서요. 아이돌만 나오니 관심 없다고 안 보는 거랑, 일반 배우도 나오네? 해서 보는 거랑은 이후의 시청률 자체가 달라지거든요."

"그렇겠죠. 그렇다고는 해도 프로그램이 재미없으면 결국 시청률은 하락하겠지만요."

"맞아요. 한데 김 작가님이 주신 시나리오를 보면 절대 재미없을 것 같지는 않아요. 일단 로미가 끌고 오는 시청자들은 1화를 보고 나면 이후부터는 고정이 될 거라는 예상이에요."

"그럼 앞으로도 계속 로미가 나오는 건가요?"

"바쁜 데다가 몸값도 비싼 분을 어떻게 그러겠어요. 1화 한정이죠. 그것도 김 작가님 덕분에 함께할 수 있었고요."

그러자 로미가 고개를 절레절레 저었다.

"아니에요, 송 작가님. 두찬이 얘기 없었어도 작가님 부탁이면 전 오케이했을 거예요."

"정말?"

송하연이 제법 감동한 얼굴로 주로미의 손을 꼭 잡았다.

"그럼요."

두 여인이 서로를 보며 방긋 웃었다.

그때, 아이돌들이 세 사람의 앞으로 우르르 몰려왔다.

그러고는 너 나 할 것 없이 동시에 인사를 건넸다.

"안녕하세요, 작가님! 레이제이의 리더 원입니다!"

"레이제이 정호입니다!"

"작가님~ 진짜 보고 싶었어요! 루나스 멤버 유리예요!"

"꺅! 작가님 존잘! 소희라고 해요! 저 아세요?"

김두찬은 대한민국에서 남녀노소 할 것 없이 모두에게 가장 사랑받는 작가였다.

그 인기가 아이돌이나 국민 배우보다 더 뜨거웠다.

그렇다 보니 아이돌 스타들이 먼저 다가와서 인사를 건네는 것도 이상할 건 없었다.

무엇보다 어마어마하게 잘생겼잖은가?

아이돌들은 하나같이 김두찬에게 사인을 해달라며 아우성이었다.

김두찬은 그들에게 전부 사인을 해줬다.

그러고 나서야 주변 상황이 진정되었다.

송하연은 비로소 담당 피디와 함께 촬영을 시작했다.

주로미는 생기발랄한 아이돌들 사이에서 열연을 하며 모든 이들의 이목을 집중시켰다.

김두찬도 자신에게 배정된 의자에 앉아 모니터링을 하며 그런 주로미의 모습을 관찰했다.

'사람과 말 섞는 것조차 힘들어하던 로미였는데.'

지금은 대중의 앞에 나서는 일을 업으로 삼고 있으니 참 아이러니했다.

촬영은 좋은 분위기로 흘러갔고 어둠이 내리기 직전 끝이 났다.

"수고하셨습니다!"

"수고하셨어요!"

서로 인사를 하며 촬영팀은 헤어졌고, 주로미와 김두찬도 작별 인사를 나누었다.

주로미는 또 다른 스케줄이 잡혀 있어서 급하게 이동해야 했기에 아쉽지만 김두찬과 조금 더 시간을 보내는 건 다음을 기약해야 했다.

"두찬아, 연락할게!"

"그래, 몸 관리도 하면서 일해. 무리하지 말고."

"응! 오늘 즐거웠어! 들어가!"

주로미를 보내고 김두찬도 자신의 밴에 올라탔다.

그때였다.

[주로미와 합작을 하게 됐습니다. 같은 분야에서 일을 하는 사람으로 사단 영입이 가능하나, 신뢰도가 80이 넘어야 합니다.]

[송하연과 합작을 하게 됐습니다. 같은 분야에서 일을 하는 사람으로 사단 영입이 가능하나, 신뢰도가 80이 넘어야 합니다.]

…

[유리와 합작을 하게 됐습니다. 같은 분야에서 일을 하는 사람으로 사단 영입이 가능하나, 신뢰도가 80이 넘어야 합니다.]

주로미를 시작으로 오늘 함께 촬영을 했던 아이돌들과 스태프들, 작가들, 감독의 이름이 주르륵 나타났다.

이윽고 또 다른 시스템 메시지가 나타났다.

[주로미와 송하연의 신뢰도가 80을 넘었습니다. 그러나 사단으로 받아들일 수 있는 사람은 한 명입니다. 두 사람 중 누구를 김두찬 님의 사단으로 영입하겠습니까? 주로미/송하연]

김두찬은 잠시 고민하다가 마음을 정하고서 입을 열었다.

"주로미."

그는 주로미를 선택했다.

송하연도 대단한 인재였고 탐이 나는 사람이었다.

하지만 주로미와 함께한 시간과 쌓인 정이 더 깊었다.

[주로미는 김두찬 님의 사단이 되었습니다. 그녀는 절대로 김두찬 님을 배신하지 않을 겁니다.]

[김두찬 사단을 만들어라: 10/10─서로아, 주화란, 채소다, 정태조, 홍근원, 이은정, 정지호, 김두리, 정미연, 주로미.]

[보너스 보상: 인생 역전의 엔딩.]

[퀘스트를 완료했습니다. 보너스 포인트 1,000이 지급됩니다.

보너스 보상이 지급됩니다.]

'아……'

김두찬은 시스템 메시지를 읽으며 속으로 아쉬움 가득한 탄성을 흘렸다.

그의 시선이 마지막 한 줄에 멈춰 움직이지 않았다.

'보너스 보상이 지급됩니다.'

12월의 마지막 날.

2018년의 새로운 해를 6시간 정도 남겨둔 시점에서 김두찬은 마지막 퀘스트를 완료했다.

그리고 이제 보상을 받을 때였다.

정말이지 받기 싫었지만, 받아야만 했던 보상.

'인생 역전의 엔딩.'

김두찬은 결국 이를 인정하기로 했다.

순간, 주변의 모든 것이 멈췄다.

그리고 세상이 모래성처럼 무너져 내렸다.

결국 남아 있는 건 공허뿐이었다.

짙은 어둠만이 가득한 공간에 빛 한 줄기가 내려앉았다.

그것은 곧 사람의 형태를 갖추었다.

로나였다.

그녀가 김두찬에게 다가와 섰다.

"마지막 퀘스트까지 무사히 클리어하셨네요? 축하드려요, 두찬 님!"

로나는 박수까지 치며 김두찬을 축하해 줬다.

하지만 김두찬은 그런 축하를 받을 마음이 아니었다.

즐겁기는커녕, 마음 한구석이 공허했다.

"이게… 엔딩이야?"

"인생 역전의 모든 시스템이 더 이상 작동하지 않게 되는 것 자체가 엔딩이랍니다. 두찬 님, 지금 이 시간 이후로 인생 역전의 호감도 시스템이 작동하지 않게 된답니다. 아울러 두찬 님께서 인생 역전을 통해 얻게 된 모든 능력들은 현실에서도 그대로 유지된답니다. 인생 역전의 모든 퀘스트와 보너스 미션을 클리어하신 것을 축하드려요."

"로나……."

"손등을 봐주시겠어요?"

김두찬이 오른쪽 손등을 바라봤다.

거기엔 다섯 조각이 난 하트가 전부 붉은색으로 가득 채워져 있었다.

"하트를 완성하셨네요. 그럼 그에 따른 보상을 받으셔야겠죠?"

로나가 말을 하며 오른손을 꾹 쥐었다가 폈다.

그녀의 손바닥 위에 오색 빛으로 찬란한 빛 덩이 하나가 나타났다.

"이건······?"

김두찬이 무언가를 물어보려 할 때였다.

슥—

빛이 날아들어 김두찬의 몸 안으로 스며들었다.

순간 김두찬의 머릿속 깊이 봉인되어 있던 무언가가 깨어났다.

그것은 '전생의 기억'이었다.

"아··· 아아······."

해일처럼 밀려드는 전생의 기억에 김두찬의 입이 쩍 벌어졌다.

눈 한 번 깜빡일 정도의 짧은 시간 동안 김두찬은 모든 것을 알게 되었다.

그가 마르키아 행성에서 르위느 종족으로 태어났을 때부터, 성장하고 자라오며 궁극에는 종족의 영혼을 구하기 위해 운석으로 뛰어들었던 최후의 순간까지.

모든 것들이 세세하게 떠올랐다.

'난··· 태어나면서부터 육감(六感)이 특별히 뛰어났었어.'

르위느 종족은 태어나면서부터 여러 가지 초우주적인 힘을 가지고 있었다.

그들이 다룰 수 있는 힘의 분야와 그 종류는 같았지만, 그중에서도 가장 뛰어난 힘은 천차만별이었다.

김두찬의 경우는 육감이었다.

김두찬은 그곳에서 이보넬이라는 이름을 사용하고 있었다.

여성적인 이름과 달리 건강한 남성이었다.

그는 어질고 온화한 성품의 소유자였다.

주변에 적이 없었고 모든 이들과 조화롭게 어우러져 늘 많은 사랑을 받았다.

모든 것이 완벽했고, 부족함이 없었다.

이렇게 평생을 살다가 육신의 시간이 다 되어 죽게 되면, 깨끗한 혼으로 인해 다른 행성 다른 종족으로 태어나 또다시 행복한 삶을 살게 될 테니 걱정이 없었다.

그러던 어느 날 부정의 기운을 가득 담은 행성이 떨어졌다.

김두찬의 육감은 행성의 안에 가득 담긴 부정의 기운을 눈치챘다.

아울러 누가 그 행성을 쏘아 보낸 것인지도 알 수 있었다.

'드래곤······.'

드래곤은 우주 최강의 존재로 일컬어지는 종족이었다.

그 개체 수는 얼마 되지 않으며, 군집 생활 또한 하지 않는다.

그들은 철저히 개인으로 움직이며 자신의 평안한 일상만을 즐긴다.

하지만 본인들이 평안함을 좇는다고 해서 주변의 다른 행성이나 종족들까지 평안해지는 건 아니었다.

드래곤들은 우주의 무법자라고도 불리었다.

자기 기분에 따라 아무 행성이나 쳐들어가 쑥대밭을 만들어 둥지로 삼기 일쑤였기 때문이다.

드래곤은 신과 가장 가까운 존재로 그들이 부리는 마법은 가히 재앙 수준이었다.

또한 드래곤들은 자신의 알에 필요한 영양분을 얻기 위해 무고한 행성의 종족들을 제물로 이용하기도 했다.

드래곤 알에 필요한 영양분이란 바로 살아 있는 생명체의 '영혼 에너지'였다.

'그때 우리 행성에 떨어졌던 건 운석이 아니라 드래곤의 알이었어.'

그랬다.

마르키아 행성을 박살 낸 건 드래곤이 쏘아 보낸 알이었다.

드래곤이 잉태한 알에는 온갖 부정한 기운들이 가득 담겨 있다.

해서 알을 낳았을 때 안에 있는 부정한 기운들을 맑은 영혼의 힘으로 희석하지 않으면 결국 알은 썩어 버린다.

한데 부정한 기운을 희석시키려면 어마어마한 수의 영혼이 필요했다.

그래서 드래곤의 개체 수는 아무리 오랜 시간이 흘러도 몇 되지 않았던 것이다.

'드래곤의 힘을 두려워한 신이, 그들의 개체 수가 많아지는 것을 염려해 저주를 걸었다는 전설이 있었지.'

그것은 우주 전역에서 전해지는 유명한 전설 중 하나였다.

어찌 되었든 마르키아 행성에 충돌했던 건 거대한 드래곤의 알이었고, 김두찬은 알에 있는 부정한 기운을 전부 흡수해 버렸다.

다행스럽게도 알에 담긴 부정한 기운은 거의 희석된 상태였다.

김두찬 한 명의 혼만 희생하면 다른 종족들이 피해를 볼 일은 없었다.

하지만 문제는 영혼의 맑은 기운이 전부 탁해져 버린다는 것에 있었다.

만약 드래곤의 알이 행성에 충돌해 모든 르위느 종족의 영혼에서 조금씩 기운을 흡수했다면 다들 후생에서 지금보다 훨씬 못한 삶을 살았을 것이다.

김두찬은 그게 싫었다.

해서 자신의 영혼을 타락의 끝까지 오염시켜 가며 부정의 기운을 모조리 흡수했다.

다음 자신의 생은 지옥 같은 나날만 가득할 것을 각오한 것이다.

'그래서 지구에 태어난 김두찬은 참 우울한 20년을 보내야 했지.'

김두찬이 과거의 생각에서 벗어나 로나를 바라봤다.

"고마워, 로나. 어둠으로 가득했어야 할 내 이번 생이, 로나와 로나를 도와준 이들로 인해서 빛을 찾을 수 있었어."

"두찬 님께서 응당 받아야 할 대가였어요. 말했잖아요. 인생 역전은 궁극적으로 두찬 님의 행복을 목표로 한다고."

그게 어떤 의미인지 비로소 김두찬은 확실히 이해하게 됐다.

"그래서 로나… 너는 어디에서 어떻게 살고 있는 거야?"

"궁금하신가요?"

"말이라고."

"곧 알게 될 거랍니다."

로나는 그 질문에 대해서는 끝까지 대답해 주지 않았다.

그에 김두찬이 혹시나 싶어 그녀를 떠봤다.

"혹시 모르고 있는 거 아니야?"

지금 김두찬이 상대하고 있는 로나는 인생 역전이라는 게임에 프로그래밍된 가상의 인물이다.

그렇다면 로나의 죽음 이후에 대해서 가상의 로나가 알 방도는 없었다.

가상의 로나는 로나가 '살아생전'에 만든 것이다.

아울러 로나는 예언자가 아니다.

자신이 죽은 이후 어떻게 될 것이라는 걸 몰랐다.

때문에 가상의 로나에게 죽음 이후의 데이터는 입력시키는 것이 불가능했다.

로나는 김두찬의 의심 가득한 시선을 그저 미소로 받아 넘겼다.

"이야기가 너무 길어졌네요. 이제 정말 작별의 시간이랍니다."

작별.

그랬다.

지금의 시간은 영원히 지속되는 것이 아니었다.

김두찬은 인생 역전의 엔딩을 봤고, 게임은 끝이 났다.

이제는 접속을 종료해야 할 때였다.

그렇게 되면 게임 속 존재인 로나 역시 두 번 다시는 만날 수 없었다.

"로나……."

김두찬의 가슴이 먹먹해졌다.

기억을 되찾기 전에도 로나는 김두찬에게 특별한 존재였다.

그런데 기억을 되찾은 지금, 김두찬은 그녀가 전생의 연인이었다는 걸 알고 있었다.

그러니 더더욱 마음이 찢어지듯 아파왔다.

비록 눈앞의 존재가 가상의 로나라고 해도 말이다.

당장에라도 눈물을 흘릴 것 같은 김두찬의 얼굴을 보며 로나가 두 팔을 활짝 벌렸다.

그런 로나의 몸이 부분 부분 흐릿해지기 시작했다.

"에너지가 고갈되어 가요. 시간이 얼마 없답니다. 그래서 말인데요, 두찬 님, 아니… 이보넬. 마지막으로 한 번만 안아줄래요?"

이보넬.

로나가 전생에서의 이름으로 김두찬을 불렀다.

그 순간 김두찬의 가슴에서 웅어리져 있던 무언가가 확 터져 나왔다.

"로나."

김두찬이 로나를 자신의 품에 힘껏 끌어안았다.

그러자 따스한 체온과 함께 그리웠던 향기가 맡아졌다.

김두찬의 눈에서 급기야 눈물이 흘러내렸다.

"로나……."

"이보넬. 나… 정말, 이렇게 안아보고 싶은 걸 꾹 참느라 힘들었어요."

"……."

"그래도 마지막에 마지막까지 잘 참아냈으니까 칭찬해 줘요."

김두찬이 로나의 머리를 천천히 쓰다듬어 주었다.

그에 가슴속 깊은 곳까지 행복감으로 충만해진 로나가 기분 좋게 눈을 감았다.

치직— 치지직—

"로나……?"

김두찬의 품에 안긴 로나의 몸이 점점 더 지워져 가고 있었다.

당황하는 김두찬을 로나가 슬쩍 밀어냈다.

그리고 흘러내리는 눈물을 닦으며 억지웃음을 지었다.

"이제 정말 끝내야 할 시간이랍니다, 두찬 님."

"…응."

김두찬은 끝내기 싫었다.

이대로 계속해서 더 로나와 함께하고 싶었다.

하지만 그것은 김두찬의 희망 사항일 뿐이었다.

현실적으로 어렵다는 걸 알고 있었다.

로나 역시 김두찬과의 이별이 싫음에도 어떻게든 견뎌내는 중이었다.

여기서 김두찬이 로나를 놓아주지 않으려 한다면, 그것은 응석을 부리는 것밖에 되지 않았다.

"잘 가, 로나. 정말… 정말 많이 고마웠어. 그리고… 많이 보고 싶었어."

보고 싶었다.

그 한마디에 로나의 눈물이 주체할 수 없이 흘러내렸다.

"안 돼… 이러면, 나……."

로나가 말을 더듬거리며 얼른 뒤돌아섰다.

마지막은 웃는 얼굴로 보내주고 싶었는데, 결국 펑펑 울어버리고 말았다.

김두찬이 그런 로나에게 다가가려 했다.

하지만.

"오지 말아요!"

날카로운 로나의 외침에 그러지 못했다.

늘 별다른 감정 없이 건조하게 게임의 진행에만 관여하던 그녀였다.

김두찬은 그것이 그녀의 본래 성격이라고만 생각했다.

하지만 전혀 그렇지 않았다.

이보넬의 연인 로나는 그 누구보다 마음이 여리고 감성적인 여인이었다.

그런 그녀가 김두찬의 빠른 성장을 돕기 위해 철저히 감정을 감추었던 것이다.

"너무 늦어서 미안해요. 이제부터라도 행복하게 살아야

해요."

"로나……."

김두찬이 마지막으로 그녀의 이름을 불렀을 때.

치이이이익—!

시끄러운 노이즈와 함께 로나의 몸이 산산이 흩어져 사라졌다.

김두찬의 두 눈엔 마지막까지 영롱히 빛나는 그녀의 초승달 모양 반점이 각인되듯 박혔다.

"크흐으… 흐읍……."

김두찬은 이를 꽉 다물었다.

앙다문 잇새로 그의 흐느끼는 울음소리가 구슬프게 흘러나왔다.

김두찬이 두 손으로 흘러내리는 눈물을 거칠게 닦아냈다.

그리고 다시 눈을 떴을 때, 그는 다시 도로 위를 달리는 밴 안에 앉아 있었다.

"작가님, 괜찮으세요?"

운전을 하던 장대찬이 룸미러로 김두찬을 힐끔힐끔 살피며 물었다.

"크흐으… 흐으으으… 흐윽!"

김두찬은 대답하지 못하고 계속해서 흐느꼈다.

장대찬도 더는 말을 걸지 않고서 묵묵히 운전만 계속했다.

'끝났어.'

영원히 끝나지 않을 것 같던 게임 인생 역전이 끝났다.

로나와는 영원한 작별을 고했다.

'끝났어……:'

김두찬이 닫혀 있는 창문을 열었다.

날카로운 바람이 갑자기 닥쳐들어 김두찬의 얼굴을 할퀴었다.

요란한 바람 소리가 김두찬의 울음소리를 감춰주었다.

김두찬은 찬바람을 고스란히 맞으며 다시 한번 인생 역전이 끝났음을 되뇌었다.

그는 길고 길었던 게임의 엔딩을 봤다.

'안녕, 로나.'

그리고 평생 한 사람을 잊지 못할 것이다.

*　　　　*　　　　*

새로운 해가 밝았다.

12월의 마지막 날은 크게 특별할 것 없이 보냈다.

가족들과 함께 모여 텔레비전으로 제야의 종소리를 들었던 것이 전부였다.

그리고 12시가 조금 넘어 정미연과 통화를 했다.

길지 않은 통화를 마치고 나서 김두찬은 바로 잠이 들었다.

도통 잠들 것 같지 않은 기분이었는데도, 이상하게 빨리 수마에 끌려 들어갔다.

다시 눈을 떴을 땐 오전 7시경이었다.

2018년 1월 1일.

새로운 시작의 날, 김두찬이 눈을 뜨자마자 한 일은.

"로나."

로나의 이름을 부른 것이다.

그러나 돌아오는 대답은 없었다.

김두찬은 상태창 확인을 시도했다.

역시나 상태창 또한 나타나지 않았다.

어제의 일이 꿈만 같았는데, 꿈이 아니었다.

모든 것은 현실이었다.

헛헛한 마음에 한동안 멍하니 있던 김두찬이 컴퓨터 앞에 앉았다.

그리고 집필하다 만 신작을 다시 이어나갔다.

김두찬 본인의 이야기를 담은 판타지 소설.

극 속에 등장하는 주인공의 이름도 김두찬이었다.

그것은 자전적 소설이자 로나와의 추억을 기록하는 회고록이기도 했다.

한참 글을 두들기던 김두찬의 손이 우뚝 멈췄다.

갑작스레 가슴이 욱신거린 탓이다.

아무래도 한동안 이 욱신거림이 사라지지 않을 것 같았다.

"후우."

글이 멈춘 김에 김두찬은 새 소설의 제목을 고민했다.

내용은 막힘없이 죽죽 나가는데 아직까지 제목이 정해지지 않았다.

"어떤 제목이 좋을까……."

장르는 현대 판타지.

내용은 안여돼로 살던 김두찬이 인생 역전이라는 게임에 접속하게 되며 호감도 시스템을 사용해 성장해 나간다는 얘기다.

김두찬이 겪었던 지난 몇 달간의 일을 너무 과하지 않게 담백한 문장으로 담아낼 생각이었다.

'음… 너의 호감도가 보여?'

내용과 잘 어울리기는 하지만 너무 개성이 없었다.

이미 저런 식의 제목들은 대단히 많았다.

한참 동안 이런저런 제목들을 고민하던 김두찬의 머릿속에서 무언가가 번뜩였다!

김두찬이 얼른 원고의 최상단부에 제목을 적어 넣었다.

타타타타탁!

"이거야."

완성된 새 작품의 제목은 '호감 받고 성공 더!'였다.

상당히 직관적인 네이밍 센스였지만 이보다 확실하게 이 소설의 방향성을 보여주는 제목은 없을 것 같았다.

"호감 받고 성공 더!"

김두찬이 새로운 소설의 제목을 힘주어 읽었다.

그때 정미연으로부터 메시지가 도착했다.

—자기, 좋은 아침. 새해 복 많이 받고 있지? 내가 메일 하나 보냈는데 확인 부탁할게.

김두찬이 스마트폰으로 답장을 보냈다.

—무슨 메일?

—우리 처음에 했던 계약 기억나? 뷰티미닷컴 1년 전속 모델 해주는 조건으로 연봉 1억에 사인했던 거.

—기억나지.

—갱신하자. 3년 전속 모델에 연봉 30억으로. 콜?

김두찬이 피식 웃으며 액정의 자판을 터치했다.

—내가 거절할 수 있겠어? 그렇게 할게.

—오케이. 그럼 계약서 초안 확인하고 조율하고 싶은 부분 있으면 말해줘요. 근데 두찬 씨한테 메일 보내는 게 처음이라 조금 이상하다.

그러고 보니 김두찬과 정미연은 여태 단 한 번도 메일을 주고받지 않았다.

김두찬은 메일함에 접속해서 정미연이 보낸 메일을 확인했다.

제목: 김두찬 작가님, 계약서 초안 보냅니다.^^*

발신인: fhsk@beautyme.com

대한민국은 연일 김두찬에 대한 이야기로 화제였다.

지난 1월 초, 그가 선보인 신작 '호감 받고 성공 더!'는 공전의 히트를 기록했다.

지금껏 김두찬이 쌓아왔던 신기록을 어마어마한 편차로 갈아엎었다.

신작 연재 후 두 달 보름가량이 지난 지금.

'호감 받고 성공 더!'는 김두찬이 그전에 연재했던 모든 소설들의 판매량을 전부 합한 것 이상의 수익을 기록했다.

그게 가능했던 데에는 한국뿐 아니라 전 세계에 포진한 김두찬의 팬 덕분이었다.

미국에서의 사건으로 글로벌 스타가 된 김두찬은 팬의 규모가 기하급수적으로 늘어났다.

그에 김두찬은 창작유희의 모든 글들을 한글뿐만 아니라 세계 각국 언어로 번역해서 볼 수 있는 시스템을 도입했다.

번역은 국내외에서 실력 있기로 이름난 번역가 삼백여 명의 도움을 받아 빠르게 진행됐다.

해서 현재 창작유희에 올라온 글들은 '호감 받고 성공 더'를 포함해서 전 세계 대표적인 50여 개 언어로 번역되어 볼 수 있었다.

그 덕분에 해외 팬들은 김두찬의 글은 물론, 창작유희 작가들의 글을 접하는 데 아무런 문제가 없게 됐다.

놀라운 건 '호감 받고 성공 더!'의 평균 조회 수가 계속해서 올라가고 있다는 사실이었다.

항간에는 이런 말도 생겨났다.

'김두찬의 작품을 한 번도 안 본 사람은 있지만, 한 작품만 본 사람은 없다'.

김두찬은 이미 그 이름 석 자만으로도 엄청난 돌풍을 일으키는 인물이었다.

그의 이름값은 천정부지로 치솟아 지금은 국내 연예계 브랜드 평판 1위 인물로 선정되었다.

그에 따라 지난 1월 말, 법인으로 전환된 창작유희의 주가도 무섭게 상승하는 중이었다.

처음 10명으로 시작했던 창작유희는 두 달이 채 지나기도 전에 100명이 넘는 유명 아티스트를 거느린 힘 있는 기업으로 거듭났다.

이름만 들어도 누군지 알 만한 아티스트들이 김두찬과 함께하고 싶어 회사의 문을 두들긴 것이다.

김두찬은 그들 중 대부분의 아티스트들을 받아들였다.

물론 차갑게 거절당한 이들도 있었다.

김두찬이 사람을 받아들이는 기준은 오로지 하나.

재능보다는 됨됨이었다.

4대 성인처럼 인성이 올곧아야 한다는 건 아니었다.

다만, 남에게 피해를 주지 않으면서 스스로에게도 최선을 다하는 사람이어야 창작유희에 들어올 수 있었다.

그걸 판단하는 건 김두찬의 몫이었다.

어떻게 판단하느냐 하면… 설명할 방법이 없었다.

김두찬에게는 그게 그냥 보였다.

더 이상 상상 공유나 이모션 스틸 같은 능력은 사용할 수 없었지만, 그것들이 초능력과 비슷한 형태로 김두찬에게 녹아들어 있었다.

해서 사람의 얼굴을 그냥 슥 봐도 그가 어떤 유형의 인간인지, 무슨 생각을 하고 있는지 대부분 알 수 있었다.

덕분에 창작유희는 내부적인 잡음 한 번 없이 무럭무럭 성장해 나갈 수 있었다.

처음엔 작은 오피스텔에서 시작했던 소모임이 지금은 강남의 거대한 빌딩 한 채를 통째로 사용할 만큼 커졌다.

빌딩 안의 모든 사무실은 90퍼센트 이상이 작가들의 작업 공간과 휴식 공간으로 사용되어지며, 나머지 10퍼센트는 사업체를 이끌어가는 사무 공간으로 활용하고 있었다.

창작유희의 덩치가 커짐에 따라 아티스트뿐만 아니라 이를 끌고 나갈 회계팀, 홍보팀, 마케팅팀 등 다양한 분야의 재원들이 필요해졌기에 사무 공간은 반드시 필요했다.

김두찬이 세운 창작유희는 이제 문화계에서 빼놓을 수 없는 필수 브랜드가 되었다.

창작유희 소속 작가들이 오늘도 혼을 불살라 창작 활동을 하고 있는 빌딩의 최상층.

그곳의 가장 넓은 사무실엔 김두찬이 창작유희의 원년 멤버들과 함께 각자의 작품을 집필하는 중이었다.

타타타탁! 타타탁!

사무실 안에는 세 사람의 키보드 두들기는 소리만 요란했다.

그러던 와중.

꾸르르륵!

누군가의 배꼽시계가 분위기를 전환시켰다.

소리의 주인은 채소다였다.

"여섯 시!"

채소다가 소리치며 벌떡 일어났다.

기가 막히게도 여섯 시 정각이었다.

그녀의 배꼽시계는 언제나 정확했다.

"두찬아~ 밥 먹고 하자~!"

"소다야, 사무실에서는 사장님!"

주화란이 채소다를 다그쳤다.

그러자 채소다가 자신의 머리를 콩 때리고서 배시시 웃었다.

"맞다. 사장님! 밥 먹고 해요~!"

그에 김두찬이 너털웃음을 터뜨렸다.

"퇴근 안 하세요? 저녁은 각자 집에서 먹어야죠. 우리 회사가 딱히 야근이 있는 것도 아닌데."

"우웅~ 그치만 혼자 먹는 것보다 여럿이 같이 먹는 게 더 좋단 말야."

"아, 어떡하죠? 저 오늘 저녁에 약속 있는데."

"약속? 미연 씨랑?"

"네."

"그럼 나도 같이 갈래!"

채소다가 김두찬에게 달려드는 걸 주화란이 잡아끌었다.

"둘이 시간 보내게 놔둬. 눈치 없는 아가씨야."

"왜? 같이 만나면 즐겁잖아?"

"일주일 후면 결혼식이잖아. 둘이서만 얘기할 것도 많고 준비할 것도 많을 텐데 꼭 거기 껴야겠어?"

"아, 맞다. 그랬지. 깜빡했다능."

오늘은 3월 16일 금요일.

일주일하고 하루 뒤인 24일 토요일에 김두찬은 정미연과 백년가약을 맺는다.

두 사람이 연애를 시작한 지 채 1년도 되기 전에 부부가 되는 것이었다.

하지만 김두찬과 정미연에겐 두 사람의 연애 기간이 결코 짧게 느껴지지 않았다.

그들에게는 연애를 하는 동안 참으로 많은 일들이 있었다.

중간중간에 위기도 가끔 찾아왔지만 지혜롭게 이겨 나갔다.

위기의 원인이 두 사람의 마음에서 기인한 게 아닌, 외부적 요인에서 시작된 것이었기 때문이다.

김두찬과 정미연은 세기의 연인이라 불리울 만큼 아름다운 커플이었으며 실제로도 서로를 격렬히 사랑했다.

"저 먼저 가볼게요. 주 작가님이랑 채 작가님도 조심히 들어가세요."

"좋은 밤 되세요, 대표님."

"바이바이~!"

두 사람의 배웅을 받으며 건물에서 나온 김두찬은 자신의 차를 몰고 예약해 놓은 레스토랑으로 향했다.

오늘은 정미연과 여유롭게 저녁을 즐기기로 한 날이다.

레스토랑에 도착하니 종업원이 그를 예약석으로 안내해 줬다.

자리엔 정미연이 미리 와서 와인을 즐기는 중이었다.

"많이 기다렸어?"

"아니, 나도 금방 왔어."

그때 테이블에 올려둔 정미연의 스마트폰에서 알림음이 울렸다.

정미연은 액정의 상단에 뜬 아이콘을 터치했다.

그러자 게임 화면이 나타났다.

"응? 게임?"

김두찬은 게임을 하고 있는 정미연을 신기하게 쳐다봤다.

여태껏 단 한 번도 이런 광경을 본 적이 없었기 때문이다.

정미연이 피식 웃으며 대답했다.

"신기하지?"

"응. 게임에는 관심도 없었잖아."

"왜 관심이 없어? 나 게임 얼마나 좋아하는데. 할 시간이 없었던 것뿐이지. 요즘에는 그나마 조금 한가해져서 열심히 하는 중이야."

"무슨 게임인데?"

김두찬이 묻자 정미연이 액정을 잘 보이게 들어주었다.

그녀가 하고 있는 게임은 일주일 전, 클로즈베타에 들어간 게임 '더 사가'였다.

"어? 이거……."

"맞아. 그거."

더 사가는 김두찬과 채소다가 합작을 한 작품으로 판타지 소설이었다.

이미 더 사가의 집필 도중에 게임화 제안이 들어왔고, 두 사람은 이를 수락해 계약을 맺은 바 있었다.

이후로 김두찬은 게임화가 어디까지 진행되고 있는지에 대해서 완전히 신경을 끄고 있었다.

거기에 대한 소식은 김두찬보다 더더욱 게임에 과한 애착을 보이는 채소다에게만 전해졌다.

물론 클로즈베타에 관한 얘기는 김두찬도 확실히 전달받았다.

그러나 직접 테스트할 여유가 없어서 이를 채소다에게 부탁했다.

클로즈베타에 참여할 수 있는 인원수는 10만 명 한정이었는데, 정미연이 신청했다가 덜컥 채택된 것이었다.

"우리 신랑이 집필한 글을 원작으로 만들어진 게임인데 내가 해봐야 하지 않겠어?"

"하하. 고마워, 로나."

"…뭐?"

저도 모르게 로나라는 이름을 내뱉은 김두찬이 황급히 고개를 저었다.

"아니아니, 미연아."

김두찬의 머릿속에 찌릿하며 번개가 치는 것 같았다.

'내가 미쳤나?'

사랑하는 여인을 앞에 두고 다른 여자의 이름을 말하다니.

그것도 전생의 연인이었던 사람의 이름을.

자존심이 강한 정미연의 입장에서는 화를 낼 게 분명했다.

행복하기를 기대했던 저녁 자리를 망치게 되더라도 할 말이 없는 김두찬이었다.

그런데 정미연이 눈을 깜빡깜빡거리다가 쿡쿡거리며 웃었다.

그녀를 바라보는 김두찬의 두 눈에 의아함이 가득 찼다.

정미연이 웃음기 어린 음성으로 말했다.

"재미있네. 캐릭터 이름으로 부르니까 느낌이 새로운데?"

"…어?"

"방금 내 게임 캐릭터 이름 보고 로나라고 한 거 아니었어?"

그 말에 김두찬이 액정 속 정미연이 만든 캐릭터의 닉네임을 확인했다.

'어라.'

캐릭터의 이름은 놀랍게도 로나였다.

"로나……?"

"응. 나 게임할 때 캐릭터 이름 정하라고 하면 예전부터 이 이름으로 만들었었어. 메일 주소도 '로나'를 영타로 때린 건데 몰랐어?"

그 말에 김두찬이 정미연에게 처음이자 마지막으로 받았던 메일 주소가 떠올랐다.

fhsk@beautyme.com

"아… 그랬구나."

"뭐야? 진짜 몰랐구나. 자기는 이상한 부분에서 둔하단 말이야."

그때 서버가 식전 빵과 전채 요리를 내왔다.

정미연의 만족스러운 시선이 작은 접시에 담긴 연어 그라브락스로 향했다.

"이거 정말 맛있는데."

그녀는 포크를 들어 바로 요리를 맛봤다.

"음~ 좋다."

맛있는 음식에 행복해하는 정미연의 얼굴을 김두찬은 묘한 시선으로 바라봤다.

'이거… 우연인가?'

정미연의 메일 주소도 로나, 게임 캐릭터 이름도 로나라니.

김두찬으로서는 혹시 그녀가 로나의 환생이 아닐까 하는 의심이 들 수밖에 없었다.

하지만.

'단순한 우연의 일치일지도.'

확신할 수는 없는 일이었다.

"뭐 해, 자기? 안 먹어?"

"아… 먹어. 먹어야지."

결국 김두찬의 그날 저녁은 입으로 들어가는지 코로 들어가는지도 모를 만큼 엉망이 되어 버렸다.

*   *   *

2018년 3월 24일.

김두찬과 정미연은 세간의 주목을 받으며 성대한 결혼식을 올렸다.

정재계는 물론 연예계 유명 인사들이 모두 모여 그들의 혼인을 축하해 줬다.

결혼식이 끝나고 피로연석에 모여 식사를 하는 이들과 전부 인사를 나눈 두 사람은 그날로 신혼여행을 떠났다.

그들이 신혼여행지로 택한 곳은 해외가 아닌 한국의 아름다운 섬, 제주도였다.

정미연은 외국보다 한국 땅이 좋다고 했고, 김두찬도 그에 동의했다.

이미 여행을 떠나기 전부터 가고 싶은 곳, 먹고 싶은 음식들을 정해놓았던 두 사람은 비행기에서 내려 늦은 시간임에도 이곳저곳을 신나게 돌아다녔다.

해가 완전히 지고 밤이 내릴 때까지 만족스러운 관광을 한 두 사람이 예약해 놓은 호텔로 들어왔다.

그러고는 누가 먼저랄 것도 없이 열정적으로 서로를 탐하며 사랑을 나누었다.

그들은 한참의 시간이 흐르고 나서야 타오르는 불꽃을 진압할 수 있었다.

서로를 끌어안은 채 침대에 누워 한동안 말이 없었다.

어두운 방 안을 나른한 정적이 가득 채웠다.

"자기, 자?"

정미연이 물었다.

"아니."

김두찬이 대답했다.

"나 결혼하면 보여주겠다고 했던 거 있잖아."

"뭐?"

"자기, 내 발 보고 싶어 했잖아."

"맞다."

정미연은 김두찬과 몇 번이나 잠자리를 같이하면서도 발바닥만큼은 절대 보여주려 하지 않았다.

아니, 왼쪽 발바닥은 괜찮았다.

하지만 오른쪽 발바닥은 필사적으로 사수해 왔다.

김두찬 역시 상대방이 싫다는 걸 억지로 강요하는 성격은 아니었기에, 크게 파고들지는 않았다.

정미연은 결혼을 하고 나면 보여주겠다 약속했고, 지금이 바로 그 약속을 지킬 시간이었다.

"한 번만 보여줄 테니까 잘 봐."

"어두워서 보일까?"

"달빛이 밝잖아."

정미연은 이불 속에서 오른발을 꺼냈다.

그리고 천천히 들어 올려 줄곧 감춰왔던 비밀을 김두찬에게 보여주었다.

아스라한 달빛이 창을 타고 넘어와 그녀의 비밀을 드러내 주었다.

순간, 김두찬은 감전이라도 된 듯 몸을 움찔했다.

"어때? 이상하지?"

정미연은 얼른 발을 거두어들였다.

그녀의 발이 황급히 이불 속으로 숨어들었다.

김두찬이 정미연의 발에서 본 것, 그것은 초승달 모양의 푸른 반점이었다.

로나의 등에서 봤던 것과 똑같은.

"태어날 때부터 있었대. 엄마는 이 반점이 좋았대. 혹시라도 날 잃어버리면 이걸 보고 찾으면 된다나. 그런데 나한테는 콤플렉스였어. 하필이면 발바닥에 그런 게 있을 건 또 뭐야. …많이 이상해?"

정미연이 김두찬의 눈치를 살폈다.

한데 김두찬의 눈에 눈물이 차오르고 있었다.

당황한 정미연이 흘러내리는 눈물을 손으로 닦아주며 물었다.

"왜 그래, 자기? 무슨 일이야?"

김두찬이 그런 정미연을 자신의 품에 와락 끌어안았다.

그리고 꽉 잠긴 음성으로 말했다.

"너무… 너무 좋아서 그래, 미연아."

이것으로 확실해졌다.

그녀는 로나의 환생이었다.

그녀의 맑은 영혼이 지구의 대한민국에서 정미연이라는 사람으로 태어나 부족할 것 없이 행복한 인생을 살게 해준 것이다.

그리고 전생의 연인은 후생으로 이어져 두 사람을 다시 만나게 해주었다.

"나도 좋아, 두찬 씨. 사랑해."

정미연이 김두찬의 등을 쓸어내렸다.

여리여리한 정미연의 가슴에 얼굴을 묻고 흐느끼는 김두찬의 귀로 로나의 음성이 환청처럼 들려왔다.

—두찬 님. 저는 어떤 형태로든 두찬 님과 함께할 거랍니다.

『호감 받고 성공 더!』 완결

Special Thanks To.

이 글을 많은 영감을 준 사랑하는 사람 김수연에게 바칩니다.